U0525464

# 硬心肠

TOUGH HEART

庄雅婷 著

四川文艺出版社

果麦文化 出品

# 序言：
# 与其自苦，不如成为顽石

人活一世，沉沉浮浮，忽软忽硬（我说的是心肠）。

一味天真温暖，总觉得未经搏杀，也没真的面对过一些真相，如海市蜃楼，回味只余"空"字。而历经世事，难的又在于这个"软"——从不吃亏上当，永立不败之地。但最终并未被生活善待和回馈。

所以，何时软、何时硬，如何倾侧、怎样摇摆，真真是天秤座爱讲的永恒话题。而中庸之道也在于分寸之间，知过犹不及，懂最后一根稻草。也是没有什么道理可以放之四海而皆准。

所以试着写一下这个"硬心肠"系列，一起摇摆。不算吐槽，只是共勉。

这段文字，总是会出现在我写的"硬心肠"系列的开端。我所有想说的话，其实在最初已经说过了。

不想让世界上千万如我的人，都从头遭受一遍生活之锤，是我写下这些文字的初衷。虽然我们知道很多敲打难以避免，但少挨几下，总归是好的。

多数时候我们抱怨世界与命运的不可测，但如果抽丝剥茧，是不是也能从自己身上找到一些原因？更多时候我倒是觉得，我们打心底里，对自己不够好。

可能就是心肠不够硬吧。

你看，有一些天真温暖的人，总是被辜负、被欺负。当他们以柔软的态度面对整个生活的时候，竟会让另一些人觉得软弱可欺。当你难以坚硬地面对风波时，怒其不争的朋友们会用"祝福""锁死"来翻过这一页，除非你真的可以硬起心肠，重拾主动的权利。

而另一些经常"发疯"的人，会用暴烈的态度去面对世界，从不吃亏上当，总是立于不败之地。以"怼"或"疯"去简单地处理问题，看似人生赢家，其实也是另一种惨烈，因为你已经很久没有体会过如一块黄油在阳光下身不由己地融化的那种奇异的柔软，也很久没有看过玫瑰色的晚霞，和爱。

所以我才会说，心肠总归是忽软忽硬的。难的是人生阅历告诉你何时软，何时硬。

更难的是，你应该如何对待自己。

当你和整个世界打乒乓的时候，软硬都只不过是一种反弹。但对待自己的内心，有人不够温柔，有人不够坚硬。

最奇异的是，这两件事，是一件事——你不够温柔地对待自己，说明你很坚硬地在自苦；你不够坚硬地对待自己，也说明你没有保护好自己的温柔。

我来举个例子，可能更加直观。

有些人总是会对他人更好一些，自己的需要会放到第二位。在别人心里，这应该是个好人，但这个好人的一生，总是被轻视、被欺负、被利用。你会觉得，他对自己不够好。

但他就是无法硬起心肠，说一声"不"。也许是害怕自己连被"利用"的价值都没有，也许是担心强硬起来的自己会失去更多的爱。

如此被世事作弄，如果不能硬起心肠去割舍、去突破，在红尘中打滚的心啊，最终也会失去那份柔软，只剩一些幽怨与不甘。

等等，这还是在说你和他人的关系。我倒是觉得，更要命的是——我们对自己心肠不够硬，以至于我们一直在自苦。

这依然是基于：你本来就是个天真温柔的人啊。你总是希望能毫无怨怼地面对这个世界，你会记得那些动人的时刻，你挂念着陌生的善意和熟稔的温情，你认为每一段经历都是可贵的，你愿意将这些经历都变成宝贵的回忆。

所以，你会有很多牵扯，有不甘心，还有一些不切实际的期待，哪怕这种期待仅仅是给你留下值得回味的记忆。你还有一些舍不得，无论是人际关系，还是曾经的情谊，或者是自己选择的生活态度，抑或是深夜兜兜转转的心情。

我承认这是内心柔软的人总会在脑海上演的一些戏份，也是我们生而为人很宝贵的诗意与浪漫，但往往——当我们沉溺其中，它就会变成一场内耗与自苦。

有人说，长大成人，就是一路努力去得到，然后再渐次割舍的过程。我现在逐渐体会到这种割舍，只能发生在你心如磐石之时，亦即真正的自我强大之时。一个大写的、金光灿灿的"我"字几乎有了禅宗意味。我见即世界，不可因他人而磨损，也不该自我磕碰，这中间的尺度真是微妙有趣。

我曾经反复地解释过我写"硬心肠"系列的初衷：我们总是要不时进行一场心灵上的断舍离。有一些是需要你硬起心肠，放弃那些不甘，和过往做一些切割，为生活清一点冗余，为执念找一些出口；另一些呢，是你需要有一层保护自己的坚硬外壳，懂得见招拆招，懂得人间甘苦，这样才能护住自己满怀悲悯的柔软内心。

所以，硬心肠同时也意味着：不要害怕失去。也许到了某个年纪，你会突然发现，你曾经害怕失去的，都是你现在不再需要的了。这件事就像爱一样，如果你自己依然坚固地饱含爱意，那么你就不会担心不被爱，甚至会发现还有很多人爱你。

戏文中总有"慧剑斩情丝"的唱词，你仔细想想，其实慧剑就是硬心肠啊，聪慧而锋利，可攻可守；而情丝就是我们不知何处所起的情绪，有些是不甘，有些是妄念，有些是内耗。经常斩之，你才会是那个灵台清明、身心愉悦、笔直前行的人。

我很喜欢心如磐石这样的说法，也很愿意做一块不太容易转移的磐石，以这样的姿态生活在世间，由自己来决定何时坚硬，何时温柔，如何倾侧，怎样摇摆。

所谓的硬心肠，也不过是我们这些多愁善感的人，磕磕碰碰走过一生的试炼。

最后，祝你温柔常在。

庄雅婷
2024.03.01

# 目录

第一章

在"来都来了"的世界"算了算了"地活

过好这一生,咬牙切齿给谁看　003
永远错过,就永远错过了　008
若明白生之哀乐,你一定够软弱　012
在"来都来了"的世界"算了算了"地活　016
一错到底,也是对的　020
而我决定不去人多的地方　024
谁温情泛滥,谁就一塌糊涂　028
"做完这一票就金盆洗手"　032
谁还不是命运拨弄,起起落落分分合合?　037
"嘿,你有 N 个待删除选项"　041

047　每当你打算做个温柔的人……

051　你有没有感受过生活中的步步惊心？

057　做人如修仙，修仙也很苦

063　多少人默默攥紧了拳头，决定再也不"断舍离"了？

070　一旦接受了"活着好累"这种设定……

075　挺住！我们能活！

081　愿我们都能遇见"心软的神"

086　再见波澜壮阔的这一年

第二章

**别闹了，做人那么有趣干吗啊**

093　没有边界感，就永远拎不清

099　且将薄情付旧日

102　你我线上常见面，线下别相逢

107　"死了吗？""还没有。"

112　放下玩具，举起双手，都没有微词

116　别闹了，做人那么有趣干吗啊

"这位女士/先生，请问你的核心竞争力是什么？" 121
被轻忽和暗算的中年人 125
人们不再相信复杂而丰富的人了 130
你今天被吸了吗？ 135
糟糕，我被表情管理了！ 140
明月觉得外人香 145
生活冗余的阻断法则 152
如何无微不至地搞砸一段关系？ 158
从今天起，做一个知之甚少的人 163
所有人都开始不耐烦 169
当代女子沟通技巧 174

第三章

## 让我们都充满破绽地活着吧

突然有一天，再也说不出"可是" 183
那绵绵绵绵绵绵情意 188
"你还没有忘记那些过去吗？" 193
我累了，我真的累了 198

| | |
|---|---|
| 204 | 这把年纪了，你不必去做的几件事 |
| 210 | 所有无法诉之于口的痛，都变成了兴趣广泛 |
| 214 | 人生苦短，躺下说"算了" |
| 219 | 你看不上他，却忘不了他 |
| 223 | 我们彼此撒娇，温暖的怀抱已经不够用了 |
| 229 | 细数那些"可以但是没必要"的事儿 |
| 234 | "我不想谈恋爱啊。""不。你想谈。" |
| 239 | "请注意！您的人生经验即将过期……" |
| 246 | 你是不是越来越不耐烦了？我觉得挺好 |
| 252 | 对方正在疯狂向你输出…… |
| 258 | 为什么中年人那么爱生闷气？ |
| 263 | 不撕行吗？ |
| 271 | 让我们都充满破绽地活着吧！ |
| 277 | 一只慢船去中年 |
| 283 | 那些年我们吃的教训 |

第一章

# 在"来都来了"的世界 "算了算了"地活

一个人所过的生活,都是他配得上的生活。

所以硬起心肠接受这样的设定吧,那就是:活到现在,已经知道没有什么时刻是"从此以后就幸福了"的时刻了;也知道,活着就是西西弗斯滚石上山的过程,周而复始,永无止歇。在人生的不同阶段,你会遇见不同的同行者,再有不舍,也要学会告别;而欲望,就是生命力本身,被驱从,也是活着的明证。

# 过好这一生，咬牙切齿给谁看

但凡活到一定年纪，总有一些体悟忍不住要和人分享。良善一点来讲，也算是过来人愿后来人少走歧途、少受波澜；自私一点来想，是关于自我的一个验证，总想看看这样走来是不是走对了，此刻又行走在生物链序列的哪一个层次中；再庸俗一点，好为人师确实也是一种病，未尝不是一种焦虑感，也是要先占个高位，从另一角度证明尚未落败。

终其一生，我们都在给自己当下的活法寻找合理性。也就是说，无论你过着什么样的生活，总有一套完整的理论来证明：在我这样的条件和环境下，我也做出过努力，在赚钱和开心还有责任感之间平衡过，认为这样的生活适合我，并且也许是我已经能做到的最好。

几乎所有的鸡汤和你以为的人生准则，都是基于这样的"自我开解"和"他人开导"得来的。所以我一直喜欢虹影写过的那篇《在东京拜访一事无成者周树人》，她在最后借言，"周树人近

40岁突然爆发，变成自己也没有想到会变成的人；我在临近40岁时渐渐沉静随遇而安，做一个努力模仿当年周树人的人——我终于敢做一个失败者"。

有些道理，在一个特定的环境中，是有道理的。但如果你拉远镜头，放入一个更广阔的视野里看——也未必没道理，但未免有些"小"。当然，如果再宏观一点，那么虚无主义就又要冒头了，并没有什么意义存在，哪有什么真的"好"与"坏"。

我一向喜欢虚无主义者，就是因为他们不执着。所以真的虚无主义都应该是金牛座，会更投入地纵情声色、耽于享乐、活在当下。就好比色或空其实都一样，过于强调色或空，都属于没明白。而何时色何时空，那才是人生大智慧，丝毫做不得假，全凭悟性。

我喜欢的很多词，都是看着不费劲的。比如从容、优雅、风流。这些词有的是仗着天生才华或悟性，或者是后来真的想得开，要么就是眼界高。当然，没有任何一样东西可以真的不费劲，想维持这些词汇，可能要比旁人付出多很多倍的成本。事情好玩就在这里：一旦你字字血声声泪地说"你知道我付出了什么吗"之后，这些词就会"砰"的一声原地爆炸。剩下大家尴尬地站在那里，你看看我，我看看你。

所以我这些年喜欢看一些杂书或散文，喜欢那种"只谈生活、不讲道理"的生活方式。也很爱看大家买了些什么、去哪玩耍游乐、爱侣之间又有了什么黑段子之类。反正懂那么多道理也过不好这一生，不如顺流而下看风景，偶尔江心捞捞鱼；哪天心情好了,也能中流击水一下,砥柱五分钟,尽兴不尽兴差不多就撤回来。啊,听着可是真不讲究。

但也是没想到,近年来,就算看段子、杂文,也会经常觉得哪里不对劲儿。我胆子小,经常被吓到。我还比较敏感,从文字中经常可以看到心肠。所以,如今点开一篇文章,从对心灵的影响角度来说,跟点开一颗地雷也差不多了。

《没有买这支口红的女的没人要》《你睡觉的时候美国人都在努力工作》《中产阶级"落阶"的深层焦虑》《你为什么还这么low》《像我一样努力过,才有我一样的生活哦》《没有去过这里的人也敢说自己爱旅行》等等。也许你看过类似的文章,也许你大概了解我说的意思,很多事儿吧,不能说不对,但就是让人隐隐觉得不舒服。

可能是:太使劲儿了?太咬牙切齿了?

我很害怕某一类工作狂,他们努力的地方都在邮件或朋友圈、微信群里。刷的全是行业趋势和自己如何加班、如何心系公司、如何死而后已。你看不到他的性情和真正的工作状态,你只看到一个活体公司告示牌。这样的人,你问他一句"吃了吗"可能都会觉得亵渎他,因为可能引发系列"项目正在上线/上市关键期,很多人已经N天没有好好吃过饭了,等我们在庆功宴上举杯吧朋友"这样的宣传口径。

我还害怕某一类生活方式达人,他们传达出来的所有信息就是:你如果不这么过,你就没品位。你要像我一样控制我"寄几",跑步瑜伽撸铁;你要像我一样对相貌负责,并且吃同款牛油果；你要像我一样去××，因为"这才是真正的旅行"；你要像我一样×××，因为"这才是真正的生活"……否则，你一个不努力不自控不会花钱的家伙，没人爱，上不了层次，活该烂在家里的沙发上。

我还害怕鸡汤导师和情感专家，他们会告诉你，人必须努力、必须上进，因为世界是残酷的、资格是对等的。"你交往的人是和你一样的人，你必须进入那个圈层""爱情是势均力敌，婚姻是门当户对""只有努力过，爱搭不理才会变成高攀不起"类似这样的观点，都是过于放大了努力的作用。

听起来，这篇文章写到后面，好像在黑"努力"这个词。可是我真的没有啊。

我只是有一点惊讶，谈论生活，不应该是风流婉转眼波过处、当时寻常相逢一笑吗？为何都变成了恶形恶状、咬牙切齿？想知道当事人在对自己发什么样的狠。

努力没有错，朝前走也没有错。人一旦决定了自己行进的方向，就会甘之如饴。剩下的事，可能就是控制面部肌肉了。我说过很多次，你要站得高看得远，深信自己可以值得更好的东西，但假如声嘶力竭地招呼大家："看啊，你们看我多努力啊，我值得啊。我美好啊。"就会给人一种慕容复再次疯了的感觉。

觉得是对当下生活过于焦虑，在还不笃定的时候过于急切地想证明自己。我大概明白之所以这些会让我隐隐觉得不舒服，就是因为我感觉到了生活的本质其实也是"尽人事，听天命"。更因为我害怕那种咬牙切齿的努力，那背后不应该仅仅是对美好的向往，可能更多的是急于告别过去的自己、一雪前耻的复仇感。那个感觉，可能跟一篇文章的标题有点像——《我特么努力了二十多年才能跟你坐在一起喝星巴克》……

我是觉得，总是把努力挂在嘴边，让所有人都看到你奋力拼搏、品位卓绝、思绪深邃，其实还是另一种捉襟见肘。因为那种咬牙切齿的感觉都没能很好地掩藏住，总会在美好生活的表象上流露出一些硬心肠。一想到这样的美好，都是吃了那么多苦换来的，也使幸福感打了很多折扣。

如何过好这一生，都是冷暖自知。可美好和成功，属于宇宙恩赐和报偿系列，搞成雪耻和复仇系列就不要了嘛。

# 永远错过，就永远错过了

"青春的残酷在于，你尚未意识到某人某事对你的一生有多深远的影响，或者觉得自己还有无数推倒重来的机会，于是就轻率地错过了他们。而成年人的残酷在于，你已知某人某事是此生最爱，失去后永不再来，依然咬牙闭眼，错过了他们。"

我经常长久地凝视一个人，看他和风细雨，温润如玉。可这只能让我觉得他是个让人愉悦的朋友。如果要对他着迷，必然会感受到所谓"郎心似铁"。

很多身段柔软的人，都有冷硬的心，磐石无转移。我想可能是自我太强大，已经不在意外物；反而能伏低做小，在什么山上就唱什么歌。

也曾狭隘地遗憾过，觉得他人不能体会流星瞬间、浅草明灭，后来便知是自己想多了。总体来说，人生得到的快乐和苦涩程度都是差不多的，无论你境遇身世如何，总有不足为外人道者七八九十。

只不过是大家柔软起来、坚硬起来的方向和程度略有不同而已。怎么可能永远温情脉脉？都有硬心肠的时刻。有时对人，有时对己。其中参差微妙程度，足以把玩半生。

所谓硬起心肠对自己狠一点，也是可以讲很久，但我其实也并不是太想讲世俗层面的故事。

你以为能减掉肥、戒掉烟、离开那个不爱你的人，就是对自己狠了？虽然我们总是会看到跑偏的格言讲："如果你对自己不狠一点，那么就不要怪别人对你狠。"

啊，这都是无意义的。假如身弱魂轻，谁又会在乎你是自己对自己狠，还是别人对你狠呢？

"狠"这个字，就带着自残的气息，和硬心肠的"硬"终究是不一样的。也许前者千言万语讲的还是"想要"两个字，而后者过尽千帆，最后讲的是"放下"。

可这一篇文章，还来不及讲如何对自己硬起心肠。只是想讲，如何硬起心肠放下虚妄，告别不甘心而已。

有一个恰当的例子是哈雷彗星。幸运的人一生中可得见两次。大部分人面对此生唯一一次可以看到的机会，总是想见证这一刻。除开对天文学和人类心灵史的意义之外，其实你亲见或不见并没有多大的关系。

有些事，错过了，就错过了。不要因为它永远错过，就永远错过了，再因此回头去找寻。那件事，未必是真的没有意义，而是执念或不甘本身没有意义。

哈雷彗星真是人生虚妄的一个代表。它代表了所有你觉得

"应该"珍惜、抓住、不可错过的、避免遗憾终生的东西；一个意义重大、一个伟大的机会；它对未来其实并无进益，它只代表了你不愿意失去的那部分……"软弱"？

就像我前面所说的那样，想到"此生最爱"这几个字，有人还宁愿榴莲那么大味儿了也不放手，而有人已经可以硬下心肠，就那么离开了。

人生从来不是个盘子，不需要圆满。也从来没有一个权威机构的最爱，扔在某个角落静静地等你发现，或等你挽回。每一个都可以是此生最爱，也没有什么错过了就真的要死。意义重大？也许，但失败与伟大都同样重大。遗憾终生？很遗憾的是，你总归要遗憾终生，不是为了这件事，就是为了那件事。

一切都是不甘心和不切实际的期待。我见过太多的痛苦和纠结，仅仅是放不下。

我和很多朋友，也曾聊天到天明。他们有时看起来是被一些具体而琐碎的事物所困扰，但你跟他聊下去，就会发现最后是茫茫的空无。我们能感知到的苦痛，有一部分是来自虚妄的。命运的大话题，简直就是一个黑洞，你把什么丢进去都可以被吞食。

经济学家会和你讲沉没成本，贩卖哲理的人会和你讲活在当下，虚无主义者会和你讲白茫茫一片大地真干净，现实主义者会问这有什么用……他们其实都是对的。

我们容易摆脱他人的错误，也很容易处理掉具体的事情。但往往过不去心中浓墨重彩的虚妄那一关。被此生最爱束缚、被不留遗憾限制，怕错过一个一生一次的盛大，需要花团锦簇的注释。换句话说,有时你为了吃糖,先吃了屎。

所以,有时发狠是为了咬牙切齿地说"我要",有时硬起心肠只是为了说——"我现在很好,不必了"。

不要为了错过的事痛苦,除非你坚信未来不可能更好。所以更不必为了怕错过而痛苦。硬起心肠朝前走吧。

# 若明白生之哀乐，你一定够软弱

去年春天，在江南踏青。路过绍兴，朋友带我们穿街走巷，当时天色已经很晚，路过一条小巷中的小摊，一个卖艾饺的阿姨正准备把炉子收回屋里去。

新鲜艾叶和糯米粉揉匀做皮，白糖黑芝麻馅儿，捏成燕子形，看起来胖哆胖哆的。然后我就想尝尝，那个阿姨特别爽快地现场包了几只给我们上锅蒸上，让我们转一圈等熟了再回来吃。

付完钱，走了几步，突然就觉得有点心碎。莫名其妙的。可能是因为我看到了价钱的牌子。

虽然朋友说旅游区这个价钱已经算公道了，但我还是觉得……说不出的辛苦。那感觉不太好，就是你在嘻嘻哈哈乱花钱的时候，看到有人勤快地赚一块两块的一个水磨功夫钱，而且难得一直还很热情，这时候会有一种不知道为什么羞愧和难过的感觉。

这种感觉在成都小面馆里，老阿姨端上来一碗 7 块钱的面时也有过；在日本乡下的 7-11，看到老爷爷围着围裙很礼貌地鞠躬道谢时也有过；在上海的副食商店里，看见一个干净的眼镜大叔认真记账的时候也有过。

倒也不是觉得是那种悲苦辛酸，就是觉得能以平静的态度去做最日常的事，是真的漫长又不容易。而这可能才是真相。

在他们面前，如果感慨欧洲奥特莱斯真的划算，一双鞋才3000块，简直有一种耻感。

可是在另一个世界里，一切都是金光灿灿的。志得意满地要改变世界要创业，觉得尚有无限可能性，要上层次，要相信自己值得更好，高兴不高兴都要买点贵的。

我也情不自禁地掉进这样的坑，觉得人间大美好就要毫不犹豫地去追逐。忍不住刷的卡，停不下剁的手。可遇见从不思考命运而只是淡然地走过它的人们，就也不知道每一条轨迹都是如何各得其所、各得其时、各安天命的。

可有生皆苦。西装革履的精英挣扎着松开领带的瞬间也会随之喉头一轻。过去的一年中也见到光鲜人士严重过劳的场景，突来的疾病、瞬息变化的商业环境、无处突围的落伍感；见到深夜的朋友圈灵魂拍手作歌却隐含焦虑绝望，而清晨太阳升起又元气满满强撑着鼓起希望。

一声叹息里蕴藏着多少不能也无法诉之于口的心思。这时候一般我都会去菜市场：那些红尘烟火，那些叔伯阿姨对待生活理直气壮的样子，真是一大贴镇静剂。

年纪大了特别容易有"妇人之仁"，也许是因为亲历或目睹太多，就真的懂得了生之哀乐，有太多事可以感同身受，还有一些成熟之后独有的混沌感受。容易莫名心软,稍微不注意就热泪盈眶了——可能是因为真的太懂那些细碎琐事中藏着的莫名情绪,你一阵软弱,是因为你懂了。

赵赵说过大概的话:年轻时的反应往往是"都是傻帽",如今却无法斩钉截铁,而是化为一声叹息:"都不容易。"所以年纪渐长,必然慢慢温和宽厚,也是于时间和经历的缝隙里发现了生而不得已的种种。若人到中年还野心勃勃、唇枪舌剑,简直是不死的傻帽英雄主义,无限延长的缺血性脑残青春期,让人心疼的巨型彼得·潘。可这何尝不是另一种苦?

突如其来的软弱,是人的一扇后门,一道缓冲,一个余地,是遮挡和自我解释。每个人的哭点好像都不一样,有人见不得小孩子受苦,有人看动画片都要哭,见不得老人家沿街叫卖。或者对一夜之间一无所有充满极大恐惧,或者有一天于爱情之中明白了彻骨的孤独——"人是无法真正感应到灵犀的"。

患得患失的软弱,貌似温柔,实则苛刻。在一条路上一步三回头,总是主动冲进雾里找什么。"豆瓣青年"听起来没有"领英"神气,总归是自我消磨略嫌多了一些。但也没什么对不起自己的,反而是对自己过于纵容,以至于不关心窗外风雨。

生之哀乐,总在对比映照之中。有人说"体验当地人不一样的生活",可能也是出于这种对照记,可以照出命运各有其路的微妙与虚无。这一瞬间的软弱,总归是窥见了"仿佛我们做得了主一样"的境地。

可是还是要经常软下来的,吃一些明知道会吃的亏,洞察一些早该知道的人性，不计较所谓的爱的真纯浓度，不至于每次都用贵东西来安慰身心。过于坚硬的心肠里，只有是非、对错、成败、荣辱。仿佛一些两个字就可以说清楚的磐石。软弱智障，却是一个生命中水滴石穿的漫长过程。

若明白生之哀乐，你一定够软弱。硬起心肠，都是后面的事——笑话里说，一个地主含泪赶走了一个乞丐："快把他赶走，他讲得太惨了，我的心都碎了。"换到自己的生活中，那是软弱之后的刚毅，不会被拖下水的明晰。

你什么时候纵容自己软弱无依，又何时硬起心肠不再回看？这中间就是生之微妙。

# 在"来都来了"的世界"算了算了"地活

哎，我发现人生在世，最难就是扔东西。该断舍离的不仅仅是你的鞋柜，还有你的身心冗余。

大家都这把年纪了，就别硬装生活多姿多彩了，也不是说多听多见了一些乱七八糟的故事就算人生阅历。以前爱说"来都来了"，现在更多的时候是"算了算了"。

中年心灵大保健一说扔东西，就挺禅意、缥缈，动不动就是让你物我两忘、重灵魂轻肉身、以欲望为耻。但思想品德高尚这件事并不妨碍把日子过得乱七八糟的，所以，我觉得我和其他鸡汤的区别是，他们认为各种苦恼是情操问题，而我一直认为是智商问题。

你知道不，在"得不到"和"已失去"这两大经典无解痛苦中间，还有一种更猴儿的状态，叫"怕错过"。我感觉大家最近的焦虑都来源于此。生怕搭不上时代的列车也就算了，还怕它不跟自己说再见。

我想说的是，我虽然一直在鼓励大家扔东西，但是我不仅仅让你扔掉你已经拥有的多余与疲废，更加鼓励你"扔掉"你不曾拥有过的东西，更更想帮你删除那些特别没意思的犹豫反复、拿不定主意。

也就是说，我先鼓励你"牛奶打翻就擦了吧"，然后再跟你说"来我告诉你没这东西怎么活"，最后虚弱地说"算了，别闹"。

就好像省出宝贵时间精力能干点啥似的。严肃脸地告诉你，并不能干啥，只有放空才能让灵魂熠熠生辉。一想到干点啥，就俗了。

所以一生呢，就是跟垃圾抢地盘的过程啊。你最后还发现怎么讲都相通，"时时勤拂拭，莫使有尘埃"之类的。

著名的奥卡姆剃刀定律说：如无必要，勿增实体。

提到它是因为我最近和朋友聊天频频地说另一句话："要想日子过得好，动作就得有点儿少。"我会对各个领域有困惑的朋友讲——年度精髓就是：减少不必要的动作。

就好像我一度很爱看史蒂文·西格尔的B级动作片，他打起人来有一种迟钝又优雅的节奏感，能用胳膊肘绝不用巴掌，看着可解压了。看过他的电影之后就再也看不了打架之前先装动物、先喝醉那种小清新风格了。而就算是真的打架，鲁直也总是会赢了花拳绣腿，前戏太长则戏肉就短，这都是在论的。

你要是想干什么事，动作却太多的话，没准会瞎。

前几天一个网友结婚，还专门到群里报了个喜，原因是她认识男孩子不久就开始胡思乱想和作，是我和其他网友统一了队形

017

回复："你想多了""你想多了""你想多了"……那后来她就硬着心肠没细想，鼓起勇气走下去，发现——哎？一生所爱！

关于感情中的不必要动作，说过很多次，大概有几种：一是习惯独自关起门来用想象推演现实；二是经常需要对方做一些超纲求生题来证明是真爱；三是总忍不住妄图考验人性，然后得偿所愿地发现果然经不住考验。

哎，真是嫌普通腻歪不深刻，喝粥吃饭太平凡。所以你看现在抱怨感情问题的都是说：对方不行，不配合。却从来没想，是不是自己不必要的动作太多导致关系变形。

在过去的两三年里，我观察了一下自己和周围的朋友，大家都带着一种"怕错过"的焦虑在做事情。这个我觉得是没有办法的：毕竟这是一个太实在就会吃亏的时代，最后大家都成"斗战胜佛"了。

你想想，微博也好，微信公众号也好，还有那些购物网站，大家现在一夸流量大V就说人家赶上了"红利期"，现在你再搞一个试试？去年，我一男闺蜜突然买了辆电动车，我说怎么样能行吗，他说"我这不就是为了再多一个车牌嘛！"果然，第二年得摇号了。还有随着不断出来的限购政策，天天都有人后悔没在杭州买房没在海南买房没在朝鲜买房。

所以你说动作能不多一点吗？你都不知道哪块云彩有雨，错过了就都错过了。

眼看到了今天，轰轰烈烈的斜杠期过去了。大家回顾往事和钱包，发现最丰厚的还是自己曾经的主营业务带来的。我有俩朋友，一个是线下做批发的想开网店，一个是线上起家的大皇冠想开线下实体店，都想跟上时代的步伐互相渗透一下，但结果发现，最赚钱的还是以前做熟做惯得心应手的那套东西——就好像Netflix（网飞）和百视达当年的竞争一样，与其艰难转型还不如重新搞一家。每个人和每件事都自带基因的，强扭的瓜就是不甜，你也并不能搭上每一趟快车。

所以，在职场和事业发展中，不必要的动作是什么呢？

一是怕错过所有的风口和红利，想占尽所有便宜。二是有不必要的情绪化需求，谈梦想，谈多么不容易，谈人脉。三是布局太大斜杠太多，分散了精力与战斗力。四是专门挑战自己不熟悉、不擅长、不喜欢的领域，累得半死并且完全不开心还没钱赚。

是的，根据我们的行车经验来看，一路上超了我们的那么多车，最后大家都在收费站再次相逢。

所以，忍住那些不必要的动作，也不必加戏。最后你会发现，让你开心的，让你赚到钱的，都是那些本来你就有的东西。

## 一错到底，也是对的

你是否从小就遭遇过"关心式诅咒"？

它可能来自父母，也可能来自身边密友，甚至是基本不了解你的陌生人。他们会语重心长地点评你，认为你的性格有点儿激烈，或过于懦弱，要么就是太跳脱了，不符合一个"毫无破绽的好人"形象。他们会语重心长地说："你这样不行的，会吃亏的。"

你是否长大以后遭遇过"套路式关心"？

它可能来自颇有经验的前辈，也可能来自一个机灵的同事，甚至是一个自认见过人生百态的情感专家。他们有很多厚黑学或成功学理论，告诉你做人太老实了是不会有出息的。他们总是教你："用好这几招，升职 / 占便宜 / 结婚 so easy（如此容易）。"

曾经听到这样的话，就会觉得特别憋气，感觉很无妄，一不留神就被欺负了似的。一方面，他们让你掩盖真实性情，表达真实的喜怒哀乐被视为是不得体的；另一方面，他们又让你学会抖机灵、玩心眼儿，好像踏踏实实做人已经是件被嘲笑为蠢、不合时宜的事。

你很难分清这里面到底是真的关心，还是隐藏了些很随意的judge（评判），也许还有一些被自己不认同的东西轻视的愤怒。

唔，后来我学会平静地回答他们了。

回答"关心式诅咒"："虽然脾气坏，破绽多，但这么多年过去了，既没在街头挨过打，也没影响赚钱，人也过得越来越好，就说明这都是不重要的细节。你放心吧，你也不用替我在意的。"

回答"套路式关心"："我知道我可能丧失了很多机会，但同样也避免了很多麻烦。一个成熟的做事方法不是在出现问题之后完美地解决它，而是通过预判避免发生。以及，每个人都有自己的karma（羯磨，可意译为"业"，命运），你放心吧，你也不用替我在意的。"

其实这些事你在小学就应该明白了。因为我们每个人都有这样的小学同学：他逃课、欺负同桌、上课吃零食，没什么人管他。但你一试，第一时间就被老师摁住请家长。长大后这种事就更多了，让你不得不相信人各有命。然后你就发现讨厌鬼可以讨厌一辈子，而老实人确实没法干一点儿坏事。

在通读了很多成功人士的传记之后，发现没有哪种性情是成功标准模板，让人觉得如沐春风的有，性情暴躁的也有，顽童心的有，极度社恐的也有；有特别高调的，有热爱闷声发财的，甚至还有"大讨厌鬼理论"，能让人厌烦到屈服也是成功要素呢。（而生在世间，无论如何都会被一些人讨厌的吧）

所以根本没什么特别招人喜欢的性格、特别好用的手段。也不是"知道这10件事就可以拥有完美的恋情""做到这几点就能攀上人生巅峰"。

从前有一本畅销书叫《只有偏执狂才能生存》，每每回想起来，觉得这句话是至理名言。

硬起心肠，一条道走到黑，这简直是人生捷径好吗？这可是多年血泪经验，因为它看起来虽然破绽百出，但所有的精力都像一支羽箭的尖儿，凝聚了所有的力。这一条道，就是你性格和品行里最突出的那一点，你所做的一切，都应该让它发扬光大。

最折损人生的就是摇摆不定，你总是没什么主意，别人说什么都觉得确实有可取之处。包括我们从小学的各路名人名言和价值观本身就总是在打架，长大之后，你既想好好做人，又觉得凭什么投机者都过得更好；你既想招人喜欢，又想有所建树；既想对爱侣使用套路，又期待毫无条件的真爱……然后就在摇摆中浪费了感情和生命。

我把这种摇摆称为黎明前的黑暗。因为人在做决定之前，心总是最软的。那种辗转反侧，通通属于"到底意难平"。你看上述文字，就容易归纳出一些苦恼的根源：

一、我不能确定怎样做才是对的：好脾气内伤的我和坏脾气得罪人的我，哪一种更值得拥有？

二、我想拥有一些不兼容的东西：既想走上这条路，又贪恋那条路的风景，该怎么破？

三、如果他人可以通过手段、心机达到目的，而坚守原则会被碾压，我是否应该放弃自己的底线？

这些根源折射到生活里，往往就是一些更具体的苦恼：我应该抓紧这两年赚钱，还是趁着现在长得还行赶紧嫁人？客户是个傻帽，我要不要跪舔？男人不够爱我，我要果断止损还是破釜沉舟？朋友圈里有个人总是指桑骂槐，我要不要拉黑？同事总是使坏、巴结老板，我要有样学样还是提升业务能力要紧？

然后在这样的苦恼里，犹豫不决又不仅仅因为利益，甚至还包含了感情，一时间就更难做出决定。而在我遇见的抱怨中，其实也真是逃不开前面的一二三。来自自我的犹豫和来自他人的随意判断，让很多人在这样日复一日的抱怨中，变成一个怨妇。

应该允许自己在做决定前心软一阵子，但不能太久。最应该硬的是——一旦你决定了什么，就不能再反复。既决定发奋，就不要再找借口躲懒；既决定分手，就不要再耐不住寂寞回头；既已变成不讨喜的性格，那么，你就真的不必再去刻意讨好任何人。把你所有的力气都用在箭镞上，精准高效地飞向下一张标靶。

一条在别人看来"错误"的路，只要硬着心肠走下去，也是对的。正如从前所说，如果还没死，就是赢。

# 而我决定不去人多的地方

人有时的焦虑和苦闷，往往并不是真实的。它不会影响你多吃两碗饭，也并不会刺激你因此多赚到一些钱。它就是一只河豚，偶尔遇见水流不对，"砰"的一声就炸了，再慢慢平复下来。

我觉得有一种可能是，你和太多的人在一起，待久了。

"硬心肠"系列文章里，我想说的大多数是关于冥顽不灵、故步自封、放弃与回避。有时突然就觉得上进是一种致幻剂，有时也觉得柔软是一种不加抵抗的坚持。或者是在风起云涌大时代的自暴自弃，或者是在纷乱的当下苦苦寻找着"自己"。

毕竟，这是个每隔一阵子周遭风物就已经大变的时代。也是除了买房子其他事情都让人懒懒提不起精神的一种处境。无论你喜欢什么、热爱什么，都会被判断有用还是无用，是否能做大。传说中的华尔街风云，连自行车和煎饼都不放过，真是躲都没地方躲。

OK，你想躲起来吗？成功人士和媒体劝你还是别躲了，尽量在人前面晃一晃，否则再过几年，AI发展之后大部分人彻底没用了。你说，你能不焦虑吗？

除了焦虑，还有厌烦。我觉得，一个人能接收到的信息是有限的。当你喜欢一件东西的时候，再给你一万件同款，你会立刻体会到什么叫"世界上最让人绝望的，是无边无际的好东西"。当然，当下反转也很快，还会有一万件你不喜欢的东西宣称"你错了"。这个时候，你能不逆反着去拒绝所有吗？

世界上的爆款有两种，一种是你比较喜欢的，一种是你不喜欢的，但最后都是你深深厌烦的。

爆款这件事很妙：既然能成为爆款，肯定是最多人喜欢的样式，并且，它应该不会太贵。但同时，每个人提起来的时候，又充满了鄙视的心态，好像不这样就不足以体现自己品位矫矫不群。因为它代价低，太容易得到，于是就算美，也廉价，不足以感人。

倒也不是说就必须追捧小众。你懂的，一旦使用了追捧两个字，那么它就是没能大红大紫的另外一批爆款而已。我只是想说，离人群远一点儿，不要跟人扎堆儿。

我觉得好笑的是，很多人一边鄙视成为爆款的衣服、电视剧、流行文化，一边急不可耐地去把自己套入爆款的生活中间去。"别人都……"是一个很常见的开篇，如果自己做出了不同的选择，就会惴惴不安，生怕被时代洪流给落下了，或者没赶上那趟致富的快车。

一切生活哲学都是马后炮和事后烟。一些狗屎运被包装成了运筹帷幄的神启，多数赌博一样的孤注一掷被诠释成初心不改。捧着成功者传记认真标记的，还没明白他们是时代随机的选择，或岳父的选择。当然，成功者身上与生俱来的性格特质是值得参照的，但谁也不能违背自己的本性过一生。最值得借鉴的，偏偏无法借鉴。而那些谦称自己幸运的大佬们，无不是独辟蹊径的偏执狂，无论他看起来多么温和。他们从来不混在人堆里，也从来不听莫名其妙的人来指点人生。

你想过得舒适一点，或你想有所成就，都是人生选择。但，你想达到目的，必须离人群远一点，像一个脾气不好的老顽固一样，拒绝很多指点和意见。不要朝人多的地方去。因为——如果你选择了在人群中生存，那么一切标准或成就，都是按他人的标准制定的。

他人标准时刻转换，你时刻被放弃。你永远要追赶。变成在过一种靠讨好为生的生活方式的人，你说，能不焦虑吗？我是觉得，想生活如意，必须时刻有一种能说出"你懂个屁"的气概。

没有太多阅历的人，可能很难理解这种对世界耿耿于怀的态度。他们的心肠还在忽软忽硬，或者还在相信努力或情商。其实，活着顶顶重要的先决因素是：不被干扰的决心。

大部分情况下，如果你太从善如流，你就是个混乱摇摆的人。总觉得这也有道理，谁都不容易。而事实证明，就算你听话温顺，按大部分人的设定去走，也未必到达你想去的地方。换句话说，人不行，干啥都不好使。你知道什么人最受欢迎？说着鸡汤和片儿汤话的人，无害也无用的人，算是其中一种。也是无法掌握好自我边界的人。谁都可以短暂入侵。这样的情况下，就连焦虑都不是你自己的。

倒也不是教你一把年纪还要做一个逆反的讨厌鬼。但我以前也曾经说过，智识的高下，就是能明确界定什么时候"够了"。一直觉得生活美好或不美好的人，都有某种认知偏差。反映到生活趣味或职场规划上，也是一样。因为宇宙是没有上限的，总有比你还聪明/好看/有钱/有趣的人，朝下也是一样。懂得说"够了"，就是能分辨方向，而不是跟着潮水涌动慌乱。

因为标准是模糊的，边界也是，都是用来卡住你的生活进行无意义衡量和攀比的。你一旦心软，就被卡进了游标卡尺，是个人就能来指点你。当大家都刻薄的时候，你应该变得厚道一些；当时代又要加速的时候，你得能硬下心肠来慢一点；当成功人士努力高喊"不成功就成仁"的时候，你也得有随时躺倒的决心。

人生如股市，就他喵的没有所有人都能发财的时候。

## 谁温情泛滥，谁就一塌糊涂

有一件事已经困扰我很久了，那就是：无论多么大众/小众/奢华/冷淡的品牌，他们的店员总会热情地扑上来说："姐！今天看点儿啥？"

在我心中，如果有哪个品牌、哪家店，能摁住他们的服务人员不叫"哥、姐"，我才觉得它是真正现代化并且有品位的。但身在巴黎或米兰的一些品牌，肯定也是想不到他们在北京的店里，店员一声"哥"和"姐"，直接把他们拉到靠山屯儿一样的氛围里去。

目前除了节操尚存的五星酒店之外，无论是买多贵的包、多时髦的口红，去多高级的健身房，对，还有剪头发的 Kevin 老师，一张嘴就是"姐啊，来啦"。每当此时我白眼儿翻得脑仁儿都疼。

至于更 popular（流行）的街头店，倒是没这个困扰，只不过有时更颓丧：反正要不叫"美女"，要么叫"大姐"。你自己选一个呗。

我觉得这是北方文化里面套近乎和一家亲的延续。南方倒是好一点，买菜大婶一口一个"小姑娘"听得人倒是蛮喜悦的。我觉得习俗要从生活环境和生活方式的历史沿革上来看：北方苦寒，更需要乡里乡亲守望相助，一家人关起门来过日子有时力有不逮，说远亲不如近邻，还不如近邻也是近亲。

但现在时代不同了啊，文明进步了啊，越大的都市越有自由包容，不需要乡里乡亲也可以活出真我。你管陌生人叫大哥大姐，他还真能感觉亲切放下防备掏出钱包吗？

我觉得这折射出一个问题：我们依然对有边界感的正常人际关系感到困惑。要么是关我屁事的陌生人，要么就是类似亲人一样的过于熟稔，才会让人感到合理。以及，大家对商业社会依然扭捏，对一把一结账的公平交易总是有点儿不好意思，最好附加感情，大家才能都舒坦。

说起前者，岂止是名牌店或化妆品专柜的店员叫一声"姐"那么简单。健身房教练简直身兼唤醒闹钟和陪聊多重功能，理发师和美甲师要跟你分享熟客八卦，那种过于生机勃勃的热烈劲头，简直是靠提供情感宣泄的溢价服务才能留住有价值的客人。你觉得烦？没关系啊，他们之所以这么话多，是因为真的有人吃这一套。我花钱购买了产品或服务，另外还收获了谄媚吹捧八卦和情感宣泄，开心。

而说起后者，真的，卖东西现在光说自己东西好没用了，得说我还能提供什么情感价值，是不是让你觉得被呵护，是不是能通过它找到同类,都市人群都是靠购物清单划分群族的,而很多产品就是让独自一人在城市中打拼的你感到安慰,一阵心软,流下温情的泪。情感总是很打动人的,所以卖东西的人还要讲故事,除了安慰你,顺便也得说说自己多么不忘初心,多么不容易。妥了,大家在莫名其妙的感情中找到共鸣。

我的朋友说,"我还是喜欢健身教练只管健身,陪聊只管陪聊,理发的光顾理发,热心网友只好顶赞永不线下聚会的生活方式"。

一种大型的"刻奇",动不动需要感动和自我感动。我是觉得,人如果没有坚硬的东西,就很容易被流于表面的温情迷惑,而陷入一种软弱的境地。你的软弱可能没有由来,也可能是巨大压力下的反弹,或者是力所不及的无奈,这时可能来自任何人的一句有温度的话都能让你饮鸩止渴,沉湎一会儿是一会儿。

我可不觉得一种坚定而丰富的生活里,有那么多来自购买的产品和服务的温情,它只需要做到高效率和清晰正确即可。否则不就混成了无所事事的有钱(或没钱)大姐,跟销售聊天跟美容师健身教练理发师聊天,买包觉得自己同步欧洲,半夜泡碗面都能被包装盒上的俏皮话击中?你到底是多温情泛滥,还是多荒芜?

有什么样的产品,就是因为有什么样的顾客。一瓶果汁要在瓶子上提醒你"多喝热水";一瓶可乐也在瓶身上写和你是"最佳损友";听个音乐,App要戳你的心,告诉你"你那么孤独却说一个人真好";叫个外卖,纸袋也深沉地告诉你,"你吃什么你就是什么"……想打人,在当下消费品牌的眼里,年轻人是多么软弱,不堪一击,随便一句话就会让他们热泪盈眶?

而在这样共谋的社会里，年轻人是否觉得离开父母单独租住，并且靠自己的本事找到一份工作，暂时还单身，就已经是吃了很多很多很多苦？

我想就算本来还是纯良少年，在商业社会一直戳心戳泪点、以各种方式拉近关系的营销下，偶尔也会觉得自己真不容易吧！

我也是没眼看当下很多情感专栏或自媒体文章的评论，一群不超过35岁的人已经开始回忆生命中那些温情脉脉的瞬间，无论是深夜大排档遇见的人生悲凉小故事，抑或是回忆自己当年的第一份工、租住的第一间房子，都有一种古怪励志但其实是哀怨自傲的气息。故事经常被回忆中的情绪扭曲美化，就好像我们总是滥用"最美×××"一样的标题，深植于我们内心的一个潜意识就是"惨＝美"。

来自庞大的城市的短暂温情，来自陌生人的一个安慰，来自夜深人静时一份意料之外的惦念，确实有时让人感到松弛和温暖。那是生活的细节。就好像你如果买得起足够多的东西，就不太会在意赠品到底有多划算。而过于关注这些温情的瞬间，只是说明你没有铁骨铮铮的那一条主线。是啊，软弱迷茫，才会看什么都落泪。

所以，想告诉你，不容易的日子还多着呢。现在年纪轻轻，就陷入一种刻奇的自我呵护、随时随地要撒娇的状态中，是不打算度过40岁之后如静音耳机一般需要逃避的人生了吗？

## "做完这一票就金盆洗手"

我有一阵子没出门吃饭,某天去了一个网红餐厅,发现自己已经快不会点菜了。

就是要扫一切,点菜要扫一个码,结账还要扫一个码,有时还得授权给第三方,就为了打个九五折啥的。要是没带手机出门,简直花钱都有一颗"给您添麻烦了"的心。

其实我觉得我还算与时俱进,依然保持了前网络时代"神奇侦察机"的本能,知道出国打开哪个公众号能订米其林三星的空位,也知道哪家SPA上门服务安全又专业,想挂专家号又要打开哪个App之类的。有一天,我在另一家城中热门餐厅排队排到痛不欲生,而同行的朋友默默搜到另一个公众号,进入另一个排队系统,居然瞬间就有了座位。

这时候我就在想,啊,当代生活,就是比谁脑子灵活,善用搜索,擅长收集信息。

此外另有一批过于灵活的羊毛党,也是特别热爱新生活方式的一切，从优惠券到补贴，每次都能用微小代价尝新。虽然我有时觉得有些因小失大，但是，只要脑子机灵一点，跟得上潮流一点，确实可以在目前的收入水平上过上质量更高的生活。

我经常拥有复杂的心情：一方面，觉得这不公平。尤其是看到不会操作智能手机的老年人站在路边打不到车的时候。我觉得他们很无辜，明明什么都没做，就这样就落伍了。另一方面，我又觉得，世事可能就是如此，聪明和机敏是有价值的，不断探索新的领域，是一种永恒吧——只有变化才是不变的。

记得以前有人总结过电影的套路。除了一出场的保安几分钟之后就会挂掉之外，另有一种标注命运轨迹的结案陈词，那就是——"×××之后我就×××"。

说"打完这一仗就回家结婚"的人，一般都留在了战场上；说"做完这一票就金盆洗手"的人，要么失手在当场，要么在洗手现场被仇家灭了；说"事业有成之后再结婚"的人，一般有成之后已经换了新的伴侣；还有无数年轻人被父母忽悠——"等你考上大学再随便恋爱"之后，毕业时惊觉父母已经去了人民公园相亲角。我甚至还听过一个年轻妈妈的怒吼："都说等你有了孩子就知道了！"可是我知道什么了？我还是不知道啊！

后来我意识到了一件事：生活是没有起止点的，你永远无法概括形容，因为它时刻发生着变化。没有一个点是幸福的开始，也没有一个点是不幸的终结。

一旦标注了起止点，可能就是那句话：我不知道做错了什么，也许错误就在于我什么都没有做。

这个时代呢，就是你只要站在原地，就已经落后了。因为人们都在朝四面八方跑去，虽然可能绕地球一周又回来，但起码见过了途中风景。我们以前总是打趣有多少钱才能实现财务自由，但也是没想到这个数额也通胀，年年都在提高，基本上还是自由不了的。

所以童话们都很狡猾地设置了起止点：他们从此过上了幸福的生活。但真实的生活怎么可能，婚后产后的麻烦事儿还多着呢。一旦认为抵达了某处就可以不再动弹，就跟"做完这一票我就金盆洗手"一样，当你放弃了最核心的竞争力，再有麻烦找上门来，就已经毫无还手之力。

我记得 N 年前，著名导演还拿"我不会用电子邮件"来表达人文情怀和信息时代的对抗，再后来"我不会用淘宝"成为彰显品位和消费能力的佐证；再再后来，著名企业家们撑黑莓反微信，用以对没有边界的信息和人际关系的反抗。可如今呢，再这么说，就显得小题大做，食古不化，会让人对其智商重新认识，而黑莓都已经消失了。伤感吗？有点。但能怎么办呢？

我觉得不仅仅是中年危机，所有的人都面临着一场大型的焦虑。全世界都是。因为这个时代，是人类所有科技和文明几何级进阶的时代，我们有幸或不幸地卡在了这个时间缝隙中。

过去你看这个世界不顺眼，还能隐居终南山。（至于为什么是终南山，我听过一个解释说是因为离都城长安比较近，皇上一道诏书下来，人就能屁颠屁颠地下山）如今你已经没地儿去了，再荒芜的人烟稀少处，都分分钟给你众筹一个"绝美爆改"的民宿出来。我还看过一个笑话，说，心心念念从前车马慢的人，外卖要是晚了几分钟，那是要给差评的呀！

就是说，这个时代已经不给你隐居或回避的机会了，你休息，你放弃，你躲避，好的，你被淘汰。

更残酷的是，OK，我选择被淘汰还不行吗？那你生活可能都困难：各种共享，一切靠手机，连现金都快被淘汰了，你的选择，简直是在跟自己置气。

是的，这就是生活的残酷。尽管你焦虑，尽管你还有很多复古情怀，尽管你有极大不满，但你也必须跟上队列，不停地朝前走。根本没有说做到某一步，就大功告成，可以回去洗手结婚。我预感到很多人已经不敢 Gap Year（间隔年），是因为发现回来一切都不对了。所以经常劝年轻人，在毕业之前，该干吗干吗吧，以后你可能已经不敢浪费时间。

我有一段时间痛恨追赶"潮流"的那种态度，也分析过，很多追新的生活方式也是自欺欺人的安慰，因为我总是相信人性永恒。但那种皮毛层面的东西，其实无伤大雅，你若是能理解世界运行的深层规律，就不会在意它的表征有多 low 或者表现出太大抗拒。因为我们面对一件事物的诉求点已经完全不一样了，就好像你在骂网红店有多难吃的时候，其他人的诉求是去拍照，呈现了群体的另一种潜意识。所以，这个时代的冲突都是鸡同鸭讲。老年人的痛心疾首，在年轻人看来是"你没事吧"。

生活就是这么残酷，且一向残酷，你总要用某种方式跟上它的速度。再没有地方可以让你躲起来松一口气，再没有某种鸡汤可以开解你停滞的现状。你只有硬起心肠跟上它的脚步。哪怕有抵触，或者像我一样骂骂咧咧，但你总要明白它是怎么运行的。你明白了，就不会掉在后面。

我觉得终身学习真是一个残酷的紧箍咒，没办法在中年的时候金盆洗手。而唯一能做的事情，可能就是从中找到乐趣。这件事残酷到你拿着手机都可能会出现"怎么扫""我不会买"这种可笑的场面。真烦人啊。

但还是要硬起心肠，跟着你甚至看不上的队列朝前走呀。

坚持复古生活成本是很高的，我倒是见过不用各种 App 的，一切服务都是活人，手机都要交到另一个人手里拿着。这就是另外一个话题了，所谓"成功就是丧失自理能力"呀。

## 谁还不是命运拨弄,起起落落分分合合?

我有一位长辈,从我懂事起,就知道他有一个"当老板"的宏愿。他生活在一座小城,经历了改革开放、股市和房市的各个轮回,赶上过"下海",也赶上过下岗。做一番大事业一直是他绕不过去的坎儿,但总归是运气不好,总能完美错过任何一个风口,却没有错过任何一个大坑。

股灾前满仓,限购前卖房,办企业挂法人,搞养殖场遇见疫病……他自己的解释,就是运气不好。如今他年事已高,贫病交加,但依然惦记着再贷款搞点什么。

我朋友的朋友,在朋友口中,那是个传奇人物。破产了三四次,每次旁人都认为他死定了。但他总能奇迹般地活过来,并且在最后一次卖掉公司股份之后,跑去异域做了寓公,从此过上了养狗养娃的无聊生活。连朋友都感慨:有的人真的是走一辈子狗屎运,这么歪歪斜斜走过来,结局居然还不错。

这些年总能断断续续从旁人口中听见这二位的消息,感觉他们……在能力上确实有高低，有些人天生适合做什么，而有些人则不适合。但在命运的每一个节点上，踩错和踩对，我不知道冥冥中有什么提醒，但如果说做错的人，是被过往心智的总和推上一条不归路的话，你去问做对的人，他若肯说实话，其实你发现他也是稀里糊涂做的选择，或被选择。

我看过很多成功人物的传记或采访。被问及一路走来的经过，他们总是讳莫如深地说，都是运气；或无比真诚地说，自己是幸运的。

除去用以掩饰第一桶金的原罪外，我也相信他们很多人是出于真心来讨论命运这件事的：很多人做得比他们早，比他们好，比他们有趣，或更适合，但最终有所成就的是他们，所谓天时地利人和，就是踩到了命运恰恰好的那个交集点上。人力有时尽，天命不可违，这算不过来的——所以你要是听见某个成功人士还在雄心勃勃地说，自己成功是因为努力、聪明、性格好、商业逻辑对，那么他基本上还没太成功。毕竟用结果朝前面倒推过程的时候，都可以理性分析，好像整个逻辑都很正确，其实呢，过程的懵懂和惊心，都不可对外人言。说没有太成功，除了隐瞒的慌乱外，就是真的还没感觉到混沌的命运大手，其拨弄的程度和所去往的高度，还不足以让人产生敬畏。

有一段时间，我很不敢看新闻视频，因为我总是忍不住想下去：遇见那些意外的人，他们后来怎样了。可能就是短短的一瞬间，从此命运就转了一个弯，整个人生改变了——都不用说那些惨烈的故事，即使一张发错的照片，被误读的一个断章取义的片段,被做成表情包的路人甲,都可能导致走向的完全不同。那你说去哪儿说理去,我甚至看过一个看着好笑但应该很疼的摔跤视频,他已经在互联网上摔了20多年了吧……若这不算命运拨弄,都不知该如何形容一生以摔跤存在的存在。

当年著名杂志《知音》最喜欢的一个开头句式是:他/她本来有一个幸福的家庭,但无奈天有不测风云……接下来就是一个煽情的苦难故事。命运拨弄的最高等级,常常是生老病死、无妄之灾。你说,除了说一句运气不好,又怎么能说这是当事人应该承受的结局?

另一种是身处时代风云中的无奈:修钢笔的师傅,用五笔的打字员,无数的职业在最近几十年中批量消失。就算著名而庞大的跨国企业,也可能瞬间坍塌。你当然可以说某个具体的人不懂居安思危、与时俱进,没有保持长久的学习能力,但人怎么可能跟趋势作斗争?身边的精明者早已经知道一定要跟着钱最多的行业走,但走下来呢,有时也依然是造化弄人。命运是含糊的,而每个人都有自己精细的轨迹。你却不知道从A到B不是自由,而是必然。

说起来世间无奈之事,莫过于造化弄人:"还君明珠双泪垂""我生君已老""多情自古伤别离""奈何明月照沟渠"……能说一句"原来你也在这里",已经是华彩部分。但还是那句话:就好像我们做得了主似的……

也不是非要活成一个宿命论者,而是随着年龄增长,你遇见的事情,越来越没有简单的答案可以解释或者宽慰。深陷其中,尽是困惑,想要自拔,却只能说一句:都是命运,都是运气。

搭哪一趟航班，选择在哪座城市安家，买哪一家开发商的房子，选择哪个人做终身伴侣，孩子送到哪一家幼儿园，最后都是运气。你当然可以列举一二三，但最后谁还不是被选择的呢？

我们选择群居生活，选择婚姻，选择公司，选择社会结构，也是被选择的。那是世世代代人类的摸索，面对无常的命运拨弄，愿意集众之力，帮助某个踩在无妄门槛上的人渡过难关的一种方式。而不是凡是他有的便给他更多，凡是他没有的连他所有都要夺过来。

一旦意识到天地如棋，你就很难真正地硬起心肠来。

因为各有敬畏，相信混沌，明白上天入地都是一瞬间的事。所以人老心慈，往往也是见惯了无常。我前几天在熊牧场，看到熊们为了吃一口饼干，学会了站立挥手，也是心头一荡，差点流下鳄鱼的眼泪。不知那一刻心肠是该硬还是软。

但我知道很多硬心肠都是给自己加的戏：有一些无伤大雅、仿似调笑的段子，实际上已经慢慢改变了我们的价值观。比如，长得丑的人没有青春、贫穷使我复古、你弱你有理、我抽飞了一个熊孩子等等。我知道有的人只是拿它来自嘲或自黑，但这样对自己也是心肠太硬了一些——因为，你其实默认了那些规则，因为丑、穷、不懂事，就应该忍受命运的大手，左一下，右一下，起起落落，分分合合。

所以说，心肠要软下来，倒不是一味地妇人之仁，而是有所敬畏地生活，是天道间曲折的救赎方式，不用非要主动把自己搞成揣着丛林法则活在现代社会的人。

## "嘿，你有 N 个待删除选项"

新年的第一天夜晚，我在一座水库旁边的深山里，看到了超级月亮。彼时月亮大得不像话，在水面上洒下明亮的光，安静得仿佛有巨响。

心情忽软忽硬，一时柔情，一时坚决。

没有失败者会自认时光值得总结，人人都走了更远的路，实现了更多期许，拥有了爱或成长，就连抱怨都带着骄傲与自矜。

我们大声对虚空说着，说给自己的话。一切社交媒体都是虚空宇宙，没错了。

奇妙地体会到了柔情中的坚决，与热情中的冷淡，还有亲密相处中的间距，和奔跑途中的毅然躺倒。如果你问我时间的意义，我可以告诉你。

总会越来越好的，要不岂不是白活了岁月？慢慢接受"没有奇迹"的设定，终于可享受平凡的丰盛；不再想着"放大招"让人刮目相看，因为对自己到底什么样子已经有了清晰认知；最后发现，如果始终不开心，那么我们追逐的一切都毫无意义。

念头就是这样的吧：来回颠扑，始终不破。一边是积极向上的，除了努力之外，也包括欲望和虚荣，它们都是活生生的；另一边是沉静而丧，除了消沉苟且，还带着冷清的悲悯和洞明的虚无。它们奇妙的一体两面着：一边发财一边焦虑，一边深爱一边怀疑，一边颓唐一边挣扎，一边宅着一边向往远方。但总的来说，人生就像掉进池塘，不论你因为什么原因而扑腾，都还是好的，起码活着。

另一个一体两面，是"减法"和"内求"。

基本上，漫长而难挨的青春期，我们要用各种方式杀时间，而后突然，你想象中烈火烹油的成年好生活并没有几年，就要开始被时间反杀。

也许是此刻终于明白，这个世界上很多的人和事，对"我"是没有意义的。它们热闹地出现，让你有一种身处大时代的错觉，好像不跟着闹腾就要被抛弃。可人生苦短，若不能硬起心肠删除这些选项，就往往活成被消耗的介质——年纪越大，你能掌控的时间、精力、关系就越少，必须用在自己身上。

不为外物所羁之后，满足和快乐才能从内生发。无论你因为什么感到焦虑、惆怅、忧伤、恐慌，没有人能解决它们，只有你自己，只有你自己。莫向外求啊，莫向外求。

而随着年纪的不同，每一年的小黑本上，待删除选项都是不一样的。

"老子不玩了。"

**生活中的待删除选项：**

**一、用以发泄的物欲**

  时代都这样了，没有人买东西是因为"我真的缺这个"，更多的是习惯了刷卡这种安慰方式，太累太难的时候要用"买起来"泄愤，除了买东西不知道怎么才算"对自己好一点"……

  这一年开始可能赚钱变得不太容易，所以在买东西的时候更加要删除情绪。自从我开始想象"我到底是什么样的人"这个命题，就屏蔽了其他23个跃跃欲试的人格了，感觉到一种顺滑的踏实。你看，删除使人向内探寻。

**二、消磨意志的社交**

  人们慢慢意识到负能量黑洞带给人的影响，开始寻找积极的生活。但在我看来不仅仅是那么简单：虽然非功利的社交依然宝贵，但只是为了消磨时间和意志的饭搭子、吐槽友、坐在一起依然刷手机没有交流的伙伴，若没有建设性与疗愈效果，可以试着删除一些选项。

  消除游戏也在这个行列，它除了打发时间外毫无意义，除非你当时大脑正在打着其他腹稿。

什么样的社交与游戏算得上消磨意志呢？就是当你聚会归来，或关上手机，独自坐在屋里，感到臊眉耷眼，问了几遍"我为什么""我图什么"的时候。

### 三、所有鸡肋的情感

旧日往事请勿耿耿于怀，毕竟今年只有三次水逆。现任恋情若有不满，请采取积极态度，不必与旁人诉说，直接摁住或结束。新一年必有新的波澜壮阔。

曾经相约一起走的朋友，中途拐弯了，大家拥有了不同的 high 点与丧点，也不必非要强求一致或毅然决裂。大部分友情持续多年之后，往往是"一别两宽，见面就打"，毕竟去年的我都不敢想今年的自己，哪儿敢去想今年的别人。

若有同，请求同；若有异，没关系。自寻烦恼的是"啊呀这人怎么这样了"，你删除这个选项，不是让你在微信上删了朋友，而是在心里删了自己——若有一份感情让你总是自我怀疑，那么可以先试试没有它你行不行。

### 四、毫无必要的随和

一个人若无法独处，从本质上来说，他是不喜欢、不接受自己的。跟山本耀司说的似的，自我是不存在的，非要撞到什么才知道"我"什么样儿。但我并不十分赞同这句话。因为自己一直在。它需要独处时间、需要合适距离、需要爱谁谁的执拗。

不必碍于面子与人交往，听到不顺耳的话可以制止对方继续，对不合理的要求可以说不。不需要表现春风拂面或没有原则的随和。真朋友会尊重你的决定，而其他人的反应不必在意。甚至都不必证明给傻帽看你很快活。

删掉不必要的随和，因为对方不会觉得你道德修养提高了，而是认为你混得不行了。而你耿直着，不是为了证明给他看，而是为了跟他之间建立一个结界。

## 五、与你无关的热气腾腾

哪个明星出轨，谁又嫁了有钱人，某某公司上市了，从本质来说和你没有任何关系。就算说得头头是道对你也没有任何指导意义。

知识付费看起来蓬勃发展，而你只是为求知欲和焦虑买了个单，AI是下一个风口，你着急但不得其门而入。你悔恨去年1月没买比特币，6月没区块链养猫，12月没买指数，哦还有1997年没买房。其实吧，这都跟你没什么关系，当初没做的，现在也不会做。

哪个行业大佬又讲话了，谁谁又给出了几条铁律，HR到底还招不招中年人了啊,这些跟你也没什么关系。你不是一直想活成特例吗?这时候怎么一听都照单全收了?

删除这些曲奇饼里吉祥签一样的热气腾腾吧。这不是启发,也不仅仅是焦虑,这是干扰。你能做的难道不是沿着选定的路安安心心地走下去吗?

人怎么会无聊呢?当你朝着纵深走过去的时候。

自我,就是不被动摇的硬心肠。它可能不会让你暴富,但它会让你舒服。

我曾预言新的一年的生活是更慢更有品质的生活,其实我是想说,当你发现过往经历可能只是水涨船高,过往热闹只是嘈杂喧嚣,你可能就没那么容易振奋。当你懒得多说了,发现努力也不是一定必有回报的时候,就会觉得,还不如享受生活,还不如享受生活!

专心读书,专注做事,如果能让你感到快乐,也是享受生活哪。

当你格外感觉人生苦短,不必硬着心肠,都能听到自己真诚的回答:要,或者,不要。

# 每当你打算做个温柔的人……

记不清有多少次,在登机的时候,有两三四个人一起上来,环视一下现场,挑选了一个他们认为最好说话的人,过来说:你看,我们一起的,可不可以换一下座位?

我一般都会冷淡地回答:不,这是我昨天特意选的。

倒是都不会有什么后续,其实他们也不是非要坐在一起。自从我害怕窗边直射的紫外线之后,每次都改选中间靠走道之后,也没人再提出这种要求了。这就算不错,短途火车和地铁上,就真有大妈或大老爷们儿一屁股坐在你旁边,然后把你拱开。当然他们目光如炬,知道你是那种被欺负了也不太会计较的人,事实上,当他们靠过来的时候你就已经弹起来了。

还有一次,我去银行办理业务,等经办人、等工作人员吃饭,然后被支使到不同的窗口,一个小时之后,对方告诉我再去另一个窗口重新拿号的时候,我说我要投诉(但并没有),于是在三分钟之内业务就顺利办完了。

出了门之后我非常沮丧。那种感觉很难形容，就是当你做一个温顺安静文明的人的时候，你会发现有时被轻视被忽略；但如果你锋芒毕露看起来就不好惹，问题很快就能得到解决。

还有在餐厅里，旁边晚来的人菜已经上齐，你客气地对服务员说话，但依然等不到下一道菜，最后拍桌子要求退掉的时候菜瞬间上来，你也会感到这种沮丧和挫折。

好好说话是不是没用？是不是会哭的孩子必然有奶吃？

工作中这样的情况也不少，你做一个本分踏实的员工，尽量不麻烦别人，也愿意帮助其他同事，不仅仅比不过能掰扯、爱撒泼的其他人，还经常成为背锅侠，甚至还要被老板定义为"小白兔"员工，仅仅作为时间和空间的必要填充物存在。这个时候你的心情复杂吗？

我有位女友描述过这样的感觉："很灰心，你从小到大读过的书、受过的教育，都让你做一个有礼貌、温柔的人，最后发现掀桌和撒泼效率最高，会怀疑自己哪儿出了问题，也会怀疑社会，这一切不应该是这样的。"

你可以试着想一下身边认识的人，无论你喜欢还是不喜欢他，是不是看起来"不好惹"的人过得比较愉快？

但"好惹""不好惹"的区别，其实也在于不同的层次和维度。在外面吃饭拍桌子的人，可能在公司里洗杯子；在公司里洗杯子的大姐，可能正在家打老公；在银行妄图投诉柜员的我，被微博群众骂成狗："你居然看不起柜员""祝你下辈子全家都柜员"……我：？？？

这么综合来看，好像在某一个层面看起来不好惹，或"总之我是个很厉害的人"，也并没有什么用。人生的大平衡定律一定会让你在某些地方吃亏或受益，我们天秤座早就看穿了这一切。

但这种暴脾气在某些时候好用、有效率，又符合当下快意恩仇的氛围，再加几分年轻人"不服"的精气神儿，一时间周围皆贱人、上下全傻帽的人生态度，还挺流行的。我也觉得他们挺不好惹的，因为这时你会觉得对方可能是个不定时炸弹，不知道哪句话没说对对方可能就炸了。而且，时刻准备掀桌和对质的样子，真的不好看。

我现在看见他们就会主动地有多远躲多远——交一些心智正常、情绪稳定的朋友不好吗？每当你打算做一个温柔、客气、有礼貌的人的时候，发现会被轻视、会被欺负，会感到灰心和沮丧，那么，你还打算做一个温柔的人吗？

在一定的势利范围内，有人会认可这样的守则：你看起来那么没脾气，说明你本身就不行，那么不在乎你，也不会有什么严重后果。如果你以前看着不好惹，现在看着慈眉善目，人家不会觉得你修为精进了，而是觉得你不行了。

伪中产为此发明了一套话语体系：我们这么努力，不就是为了避免这样的情形出现在身边吗？如果你每次都坐头等舱、去米其林餐厅、成为私人银行VIP，你就不会受这种气咯。

然而啊然而，写长微博撕前公司的、写公众号骂投资人的，乃至买了P2P骂街的，最后发现也没啥用，谁曾经还不是个中产阶级呢？

我只是觉得，世界不该是这样的。

一个温柔的、不会骂人的人，也应该得到好好的对待。虽然有的人聪明、有路子、搞得定，但普通人也应该可以得到公平。即使有的人不好惹、特矫情、爱撒泼，但至少他们应该不会因此得到优待。就好像我们无论多么努力、多么成功，如果整天还是竖起盾牌举着长矛，而整个社会并没有因此变好，那么我们就不算努力和成功。

如果认定一件事是对的，就要硬起心肠坚持下去。为了内心的愉悦和平静，继续做一个温柔的人，而不被外界干扰。我也知道很多事撒泼是非常有效的，但我并不会因此变成另外一个人。那样的话，人生太失败了。这可能也是一个中年命题，不被他人改变，也不想看到世界越来越糟。

温柔不是面瓜，也不是不会发脾气。而是随着年纪增长的同理心，是明白"谁都不容易"，却不肯接受"谁都不容易"的打马虎眼。而温柔的另一面，可能是斩钉截铁地说"不"吧。

靠成功和努力的物理隔离，并不能解决心灵问题。当你不想因为温柔而被欺负的时候，竖起保护自己的壁垒可能更加重要。

就好像愿望不能代替现实，情绪也不该代替理智。其实你慢慢会发现，让你愤怒的一些小事，并不是这件事本身，而是背后让你一直耿耿于怀的逻辑，比如"会哭的孩子有奶吃""爱撕才会赢"这样的态度。

所以，学会坚定地说"不"，才是能一直温柔下去的支撑吧。也越来越会说："这是不对的。"

# 你有没有感受过生活中的步步惊心？

你有那种凌晨1点还能打电话的好朋友吗？

我没想到这个话题也能吵起来。有人认为这是人生成就之一：挚友永远会在任何时候接听电话，听你倾吐心声，你也不必有打扰他的愧疚；而当他感到不安的时候也可以随时回拨给你。有人认为再好的朋友也要有边界感，不要将依赖和示弱变成维系友情的方式。

也有人问我：你有吗？你有半夜随时可以打电话的朋友吗？我回答：其实是有的。但我们不仅仅是密友，还可以称之为"紧急联系人"。

半夜打电话抒情就算了，成年人的心事是中药柜，早就按格子放好了。那个格子洪水滔天，不影响这个格子岁月静好。除非性命攸关，否则还是让朋友们好好睡觉吧。

紧急联系人可以衡量你生活中的抗风险能力。突发疾病的时候联系谁？急用钱的时候联系谁？遭遇意外事件的时候联系谁？

你身边有几个可信赖、有担当的亲友？几个问题问下来，想必你心中有数了。

所以说因为心情不好半夜打电话这种事，简直太幼稚了，那属于情绪绑架，除非对方和你是弱者抱团，大家在嘤嘤中互相安慰一下，而面对现实同样束手无策。我觉得这不是一种成熟的生活态度。

想讲一些人生避险的简单道理。是因为我突然发现，有的人确实很努力勤奋，也不能说不聪明，但在生活的风险控制层面毫无概念，以至于遭遇了大的颠覆事件，一瞬间改变人生也是有的。

其实你发现了没，最近的朋友圈都好看起来了。大家反正就是拈花惹草、招猫逗狗、野餐春游什么的。毕竟连那么大的企业，今年都打出了"活下去"的口号，我们身为普通人，也不要去想一夜暴富这种事了，然后就会发现，其实规避掉生活中的很多风险，稳步地生活和积累，日子也不会太差。

普通人的生活风险大概也只有几类：你被人带进沟里、你自己掉进沟里、你的钱掉进了沟里。

年轻的时候被不靠谱的朋友坑害的可能性比较大，人到中年特别容易事业家庭、精神肉体双崩，岁数大了又可能会被骗走所有的钱。更可怕的是有时还不按年龄排序，也可能一起赶上。我认识一个人应该就是同时赶上了以上，以至于另一个共同朋友吃饭的时候说起来都忍不住拍桌：人怎么能对自己的人生毫无风控管理呢！

说起来也是，我们买个口红都要在网上看视频看试色研究海淘，但换个工作也许就是朋友介绍，或者心血来潮奖励自己了一辆车，要么就是一不留神眼神对视就一见钟情了……我敢说，很多人在人生大事上做的准备和研究真的不如买面霜和包，这个时候倒喜欢说从心，喜欢跟着感觉走了。

被别人带进沟里的故事有很多：我认识的一个女孩，晚上打车的时候司机开去了偏僻的树林，她慌乱地给闺蜜发消息，而闺蜜在微信那边嘻嘻哈哈说你别瞎扯了……后来还是她自己跳车跑掉的；另一个故事是前同事们一起吃饭，其间一对情侣打起来了，女方要求去同事家住一晚，而男方夜里过来砸门让女方回去……后来情侣和好了，但从此那男生看见这位女同事就翻白眼，最后这位女同事只能跟双方都绝交；还有一起去夜店的姐妹，其中一个中途跟男友走了，剩下的那个人包包还在她车上，她只能捏着手机到处求助……这都是从此就要进入不可信任组的啊。

还有把前男友介绍给下属的、反复和你借钱的、没事就喜欢传授钩心斗角技巧的，一段故事在他口中总是有很多版本的……毫无疑问，你可以和他们玩耍（其实都不必），但总而言之都是不可信赖的。

我曾经说过，你交往的人，先不谈论友情，他应该是一个很清楚的人，满足低复杂生活态、行为正当合理、情绪稳定这三个要素。也就是说，他应该是生活简单的，你能知道他的主业、主要生活来源，并且没有复杂的社会关系。言行正当合理指的是程序正义和守序，不需要靠宫斗和江湖手段来做事。而情绪稳定则说明这个人是一个负责任、有担当、心智也稳定的人。只有这样的朋友，才能做你深夜打电话的紧急联系人吧。

不用担心错过什么，正常人才会有生命中有趣的华彩，而不是拿负面当有趣。我曾经有一个多年的网友，看起来过着纸醉金迷的生活，没有人知道下一刻他在世界的哪里，直到有一天通讯录上的人都收到了催款短信……

自己不要掉到沟里，讲的是身体和精神都不要崩掉。

活到一定年龄，就要给自己的生活进行风险预估。尤其是上有老下有小之后，就不要再埋头一直朝前冲了。毕竟撞到南墙也可能回不了头。

我一般会给中年人列一个清单：你定期体检了吗？如果现在失业了你有什么备选方案？如果此刻你已经处于很难上升的位置，有没有什么转型设想？你会选择哪一种资产增值的方案？对老人和孩子有没有十年为期的生活计划？和配偶的感情有没有定期进行"爱的团建"？你如何处理"社会角色"和"自我"的关系？

啊，哀乐中年的生活，每个月都像一个PPT，每一件事都要当作项目来处理。但这个时候我想你应该接受现实了，就是最大化地将生活安排妥当，并且不再纠结是否还有传奇故事上演。

反面案例就是一个程序员要供养父母、供房贷，配偶做全职太太，还要生二胎。在经济蓬勃时期，努力一下还可以进入中产阶级，一旦行业有变动，个人和家庭承担的风险实在是太大了。也见过被洗脑期望资产增值的中年人，非要去搞PE、投P2P、玩区块链。一夜暴富的传说都在媒体上，而现实中连自己住宅都保不住的大有人在。也不是说不能搞，但普通中年的生活哪儿经受得起孤注一掷啊。至于不顾一家老少卖房卖车去创业的，我觉得现在已经不能当正面案例宣传了吧。

还有，中年危机的一个明显的表现就是……出轨。其实很不想一一赘述了，人不想崩掉，就要擅长在平淡的生活中发现闪光的诗意和乐趣，而不是将自己当个礼花给放了。

如果前两点做到了，那么最后就是看住自己的钱不要掉在沟里。

有一次我和一群朋友郊游，晚上在酒店里聚众看《法制进行时》（我们的爱好也是比较独特）。这一期正好是关于 P2P 的，怎么说呢，看完以后大家都想把节目存下来发给父母。

里面有很多故事都是老年人将全部积蓄投入进去最后崩掉的。这就是前面说的，无论什么年纪其实都不应该在钱这件事上 all in（押上所有筹码），还有就是想不明白，欲望下降的老年人为什么对高风险高回报有如此热情。我和我的朋友们曾经在一起列举过自家父母踩过的坑、上过的当：保健品和磁疗器械、养老旅游地产、P2P、120 岁才能兑现的保险、收藏品和国家宝藏……中间可以细分出很多流派。老实说，买个锅或钙片可能危害也不大，有的套路可真的是连最后的老本都保不住。

其实不仅仅是老年人，年轻人也是。人生避险其实就那么几条：不要相信世界上有大便宜可以占，"免费的是最贵的"这句话是千古真理。对大部分人来说，不要相信自己是锦鲤附体，不太可能半生平顺、一朝暴富。热爱和沉迷都应该有它自己的人生份额，欲望也是，犯不上背水一战直接 show hand（梭哈，意即全部押上）。

就是要硬起心肠承认自己是个平凡的人，也要硬起心肠和不适、不属于自己的人或物划清界限。我有一个朋友就是比较理智的，她连许愿都要加一个前缀：我就是一个普通的外省女孩，你照看我一下就行。哈哈哈。

一个人所过的生活，都是他配得上的生活，是人际关系、个人发展和资产管理的综合体现。如果有人突然掉进坑里，肯定是这其中某一项崩掉了。而前两者发展得还不错的，其实也不用特别担心第三点。

"当时有多惊心动魄，你我都浑然不觉。"

所谓人生平顺安宁，可能就是潜意识中规避了这些步步惊心，也就是作为一个多福的庸人，理智始终在线。

## 做人如修仙，修仙也很苦

前一段看到蔡康永说电影：我们的华人世界或者说亚洲世界长期都不愿意去面对真实，电影其实是一个逃避的、宣泄的，或者做梦的一种媒材。

所以难怪奇幻、修仙、穿越、宫斗小说越来越流行。对现实世界无能为力的人经常幻想有另一个平行世界，自己在那边可以呼风唤雨、无所不能。有一个好笑的段子就是，中国的奇幻小说被翻译到国外之后，一群外国人也看得如痴如醉，沉迷在上古魔法小说里不能自拔。

我也翻了几本修仙小说，越看越颓，觉得怪没意思的——基本上，人间的故事告一段落之后，后面就是噩梦般无休止的循环。大意就是：你觉得现在的生存模式很容易是吧，那别怪我给你调成艰难模式好伐？

就是说，在人间，无论你修炼成多厉害的人物，一旦升仙，发现原来自己在新世界还是蝼蚁一般的存在。连玄幻小说的作者们都发现了这一点，甚至编了口诀出来：金丹遍地走，元婴不如狗。不过但凡你读过《西游记》也晓得啊，齐天大圣要是飞升也不过就管洗马而已。

怪没意思的，就算你在这个层级的仙界又混出来了，还有更高级的空间世界等着你呢。我看他们把佛教三十三天都用上了，跟打游戏也没什么区别，就是永远年轻，永远泪流满面，永远在打怪升级，太苦了。

更苦的还是要一路告别。在每个层级的世界刚刚有了成就、有了可牵挂的人，就必须要放弃然后去到一无所知的地方。还有一些高等级空间不可逆的规则在，下凡很明显就破坏了规则。也怪不得七仙女和织女要被抓回去。而从主角视角看呢，既然经历过那么多更波澜壮阔的奇异，也根本回不去田园牧歌的生活了，段位毕竟有点低了。

也是太没意思了，也太累了，要一直从头开始。更高层次的人不是看不起你，而是看不见你，你依然是蝼蚁；而低位面的人不懂你，他们根本不知道你经历了什么，也无从想象你的悲欢。这种现世轮回，比那种生生世世可怕多了吧。

为什么逃离北上广的人最后又逃回来了呢？因为他们回乡之后没法适应乡村熟人社会的各种陋习，没法适应一潭死水的保守和缺少机会，也没法适应中学同学们还像古惑仔一样讲"做人必须讲义气"。

感觉就是从更包容的位面回到相对封闭的位面。你没法跟亲戚解释我在北京也是一打工的真没法帮您侄子找工作，也没法解释为什么那个房子房租 1 万块而你不回乡下盖房子。那种"回不去了"的感觉，何尝不是升仙时想的"从此要离开人间了"？然而虽然你在乡亲们眼里已经功成名就，但身处大都市里何尝不是战战兢兢地努力升级呢？

我的已婚朋友们很不乐意跟未婚姑娘讨论感情问题。我觉得婚姻也是你修炼过程中的一次升仙。

童话故事里的"王子和公主从此过上了幸福的生活"相当于修仙小说中的"飞升了飞升了"，然后你就要面临难度更高的问题——恋爱期间的苦恼无非"我爱他他不爱我、他爱我但不听我的"这些，但婚姻中面临的问题可就复杂多变了：两个家庭的排列组合、夫妻之前的磨合与相处、婆媳关系、共同财产、出轨预警、生育、育儿……哪一道都是进退两难的难题。

经历过这些的妇女朋友们，谁耐烦听小姑娘讲"他为什么不回我微信啊"。

我的已育朋友们偶尔会收到闺蜜的抱怨：说好了要一直过单身女性的精彩生活呢，结果现在根本没法跟我们玩儿了，倒是跟一群妈妈们玩得很好啊！可见生完孩子就变俗啊！

生育是人生中另一次升仙和打怪升级。

单身如我，根本想不到生完孩子人生会有怎样的不同，那是个我完全不了解的领域：从一夜喂几次奶到水温多少，小孩子人生中第一次发烧是在几个月，小儿疾病如何治疗和护理，啥时候才能吃辅食……

可以无穷无尽地列下去啊！一点都不懂！全得从头学！这跟

你飞升到另外一个位面，发现自己修为最低有什么区别？

这时候有人愿意搭理你就不错了，有同样经验的妈妈们是你在这一段人生中最好的伙伴，让你走出无知的恐慌。

等孩子再大一点儿，妈妈们更要玩到一起去了：因为彼此的孩子都缺少伙伴，所以可以一起玩耍，而妈妈们总算可以喘口气坐在旁边喝点咖啡聊聊天了。这些事跟单身女性讲她们未必能理解啊……

虽然有时我们不肯承认，彼此表示依然可以按想要的方式过一生，但事实就是这样，大家已经处于不同的位面了。你很难说谁高谁低，总之就是两界之间的传送阵时灵时不灵的了。

到后来，打怪升级越来越快了。终于熬到孩子上小学：我天，原来上学比幼儿园还累，下班回去还得看着孩子做功课上补习班学钢琴。上中学了：妈呀择校和青春期叛逆、早恋一起来了……这中间要是再加上父母身体不好或丈夫失业……简直是大魔王模式彻底开启。

又能怎么办呢？

人如果一直在努力，一直有所进步，一定会进入这种必然境界，那就是你面临的问题越来越难了。你说幸亏我单身，不用修行，凑合着人间烟火，那也没那么容易：到了年纪体能下降、朋友减少、事业瓶颈、收入还要安排保险和养老，同样都会进入复杂模式。总之就是，生活总会越来越难的，必须硬起心肠做好迎接复杂局面的准备。

没有 happy ending（幸福结局），也没有"到了什么什么时候就好了",你以为可以轻松过关,但生活这个 NPC 一定会调高难度的。

人生就是这样:一方面,总期待有一个时刻是可以标记总结的;另一方面,欲望却永无止境。一方面,你的自我坚强;另一方面,时间可以改变一切。我很久以前就写过,天性乐观的人是一张红纸,人生中不幸的际遇是黑色的花朵描绘在上;而天性悲观的人,是一张灰底子的纸,你需要特别努力地去描一些美好的红色花朵。

人生是挺苦的,一旦接受这个设定,就更不能自暴自弃了。很多天性悲观的人,看起来活得更加兴高采烈,是因为知道如果自己都放弃了,那么就更加觉得人间不值得。所以还是要硬起心肠努力修仙啊……毕竟若你一直在成长,又怎么能满足朝暮间蜉蝣的快乐?

倒也不是单纯的恋爱婚姻家庭如升级打怪,事实上无论在事业、在生活,甚至在你吃东西的口味上,规则也永不变化。王思聪一定也有他的烦恼和痛苦,这就是我为什么对"有钱就行"这种观点嗤之以鼻:当你没有钱的时候,你会认为自己的很多痛苦境遇是有了钱可以解决的。可当你真的有了钱之后,你发现还有难度更高的痛苦,那就未必是钱可以解决的了。能解决我们自己的,真的只有我们自己。说到底,这又是一个宏大命题:到底要如何度过自己的一生?

所以硬起心肠接受这样的设定吧,那就是:活到现在,已经知道没有什么时刻是"从此以后就幸福了"的时刻了;也知道,活着就是西西弗斯滚石上山的过程，周而复始，永无止歇。在人生的不同阶段，你会遇见不同的同行者，再有不舍，也要学会告别；而欲望，就是生命力本身，被驱从，也是活着的明证。

你不过是压制着修为在人世间修仙。后面的游戏很难，但你也不想在新手村一直待着，也希望你找到自己要打的大魔王。

## 多少人默默攥紧了拳头，
## 决定再也不"断舍离"了？

今年（指 2021 年）我没有花一分钱买口罩。因为当我有意识想买的时候，到处都买不到了。

这些天来，我陆陆续续在各个抽屉的角落找出了不同的口罩，有搭造型用的，有在药妆店随手买的，有客户以前寄来的，最近用的口罩是年前在酒吧喝酒时调酒师送的……看了看，对付着也都能用。直到后来亲友们陆续施舍了一些，反正基本不出门，也够用了。

去年双十一的时候，我们还在自嘲：消费能力下降了啊！现在买的东西都是日用品，洗发水、手纸、洗手液之类的，都选"第二件半价""第二件 0 元"买的。尤其是家里有猫猫狗狗的，顺便连消毒液、酒精棉片、碘伏都一起囤了。没想到几个月过去，它们成理财产品了。

还有就是平时闲着，加了各种买菜群、菜市场店主微信，水果小王子和面点师傅的微信，各地特产如潮州烧鹅师傅、成都香肠师傅的微信；比较懒的朋友们经常推荐好吃的午餐肉罐头、牛肉罐头之类的，跟风买了一些，没想到宅在家里的时候这些成了一笔宝贵的财富。

甚至我过年前还囤了几百个厚实的垃圾袋，海鲜批发用的那种大号。在大家都宅在家里做饭、厨余垃圾猛增的这个时候，不知道多有安全感。

朋友们互相在微信上打趣："以后还断舍离吗？""不了，不了。"

囤东西未必是缺乏安全感的表现，更是妄图体现对生活仍然有掌控力的一面。但表现方式花样百出。比如我有用得顺手的防晒霜、护手霜或隐形眼镜之类的，用光了再买是万万不行的，会有一脚踏空的失措，它们必须在抽屉里随时准备着。

有些人比较有计划性，日常用品按照家中人口分类配备好：多少日的水果蔬菜，柜子里的维生素和常用药品、护理和洗涤产品的定时补货，活出了对生活很有规划的样子。

也有人是瞎囤，跟着朋友们买买买，反正是日常消耗品，倒也歪打正着都用上了。即使是囤积癖也是值得理解的，就像那些什么都舍不得扔的老年人——既然得到变得越来越难，不如紧紧抓住手里还有的。

但经此一疫，我想知道，有多少人默默攥紧了拳头，决定再也不"断舍离"了？很多事在过去之后还是会留下淡淡的阴影，当你突然发现一切都不是理所当然——口罩会断货、消毒液会涨价、外卖和快递停摆、买菜变成了游戏一样的半夜抢菜活动，你会不会也想在家里囤东西？

"硬心肠"系列文章，一直以来讲的是关于人生的"断舍离"。摒弃那些多余的拥有、不必要的自我辗转，清理生活的脉络。但也是没想到果然人生就是浮浮沉沉、忽软忽硬，居然也有一天会因为家里囤了太多"没用"的东西感到庆幸。所以啊，我觉得人就是在生活中不断修正自己，越来越明白自己的来路和去处。断舍离也是有用的，比如这次大型宅家，你会发现很多人不见也不耽误工作，不一起喝酒也不影响快乐，100多根口红确实没什么用，这一季的春装新款直接跳过去也不影响任何。

人的安全感和掌控欲是奇妙的。美国Costco（开市客商场）常年有一个"世界末日套装"发售，从1000美元到6000美元不等，其中6000美元的套装包含36000份食物，可供四口之家食用一年。尽管他们严格保护隐私，并不对外宣传到底卖了多少套，但确实将这个套装描述为"想要为任何灾难做好准备的家庭的最佳入门套件"。这算是昂贵的买单了，为了臆想中的废土世界买一场现实的单，可见囤货狂的内心到底是有多少不安定的风暴。

而决定不"断舍离"的另外一批人更有合理的借口：人生苦短，活在当下，要见想见的人，拥有想要的东西，让我们喝起来，让我们买下那个舍不得买的漂亮套装，让我们拥有无愧无悔的每一天。

所以我想人还是很无奈的啊。那些浓浓淡淡的PTSD（创伤后应激障碍），又能怎么纾解呢？最后还不是去热闹烟火气、红尘阿堵物中寻找慰藉。虽然我还是不太能理解几百卷厕纸带来的安全感，但也没所谓了，世界上还有能安慰你的物事，就勉强算还值得过了。

帮助他人是最终的走向，但同样要求你有充沛丰富的内心，强大多元的意志，健旺的身体、资源、经济能力或其他，这也是为什么我们不能收捡废品老爷爷的钱的道理。

我记得有一次在微博上和朋友讨论，他说：人生是一个化繁为简的过程，刚开始会喜欢花团锦簇，慢慢经历过了，觉得没有什么是不能割舍的，会喜欢更简单朴素的东西，喜欢白茫茫一片真干净。

我的意思正好和他的相反。我觉得人到中年之后，会逐渐意识到一些虚无，并且它会反复跳出来作祟，必须要靠现世的丰富多彩和热烈来拯救一下。所以人到老的时候会开始喜欢繁复的、鲜艳的、精美的东西。所以你看小姑娘都喜欢黑白灰，大妈们热爱彩色纱巾。

我们两个人的观点，应该就是两种人的走向。没有拥有过，就没法断舍离；没有断舍离，拥有也无意义，它们只会让你的生活更糟糕。

但当时为了反驳他，我举了一些例子——虽然审美很多流派，但你去看有历史的国家，从整个欧洲到俄罗斯到东亚，宫廷都是不约而同的华丽繁复金光闪闪。讲到清雅和侘寂，就有一种不费工不费料单纯打磨灵魂的感觉。

有些东西年纪大了才懂欣赏，无论昆曲还是太湖石、红木家具之类的，并且人们会有意识让自己坐拥热热闹闹的东西，那是时间的积淀，你也不可能就把过往人生断舍离了。

年轻人在装修的时候喜欢四白落地，喜欢顶天立地的一面墙的白色书架，慢慢地，时间过去了，他们喜欢胡桃木色的书架了，阳台变成了花园，错落着不同的植物，然后书法字画开始挂了出来，架子上是历年的工作经历和资料，有些家具慢慢比自己的年龄大了，一生中积攒的喜欢的东西围绕着自己，真是哪一件都不舍、不断、不离。

有人说你那是过去的审美了，现在就是要现代简约。我倒是也同意吧——你知道那样需要更高的成本吗？就像卡戴珊的家，白茫茫一片，每次发出来都有人喊"没人味儿"，而每次她都要再次反转：步入式冰箱，若干个食物储藏室、若干个儿童游戏室和玩具仓库。我等普通人，还不是要紧紧抱住自己刚买的洗手液？

我有一个朋友，有一次在欧洲逛古董市场，他说他突然感到忧伤：我家里那些稀奇古怪的东西，再过个几十年会流落到哪儿呢？我看见他发这句话的时候，也沉思了一下：那些手办、那些难看的工艺品、珍藏了一柜子的书，我的瑰宝，也许在他人眼里屁都不是。那么，这些东西就是只对我有意义的，而我还要断舍离了它们。残酷。

欧洲的古堡探秘节目、美国的拍卖车库节目也是，里面存了很多东西，但没人在乎，就那么封存了，非要等淘金者去发掘价值，它们才重新拥有价值。所以我也理解了老头老太太那么爱金子，是啊……只有金子不会被扔掉。

更可怕的"断舍离"是断舍离自己。

日本有一个词叫"终活"。就是人生终结活动，其中一项就是从 40 岁以后开始处理物品。你品品：

50 岁：处理青年时期最爱的运动器械、工具等，处理掉 90% 的书籍。

60 岁：处理不动产和家具，留一处简单好管理、交通方便的，或者干脆去租住一套生活和打扫方便的小房子。整理银行存折、股票证券、不动产等，只留一张最方便的银行卡。

70—80 岁：处理汽车，开始完全依靠公共交通生活，处理艺术品、古玩等收藏品，走出对嗜好品的执着。精简和处理相册，留最小限度的照片并电子版化，留一份给孩子。

80 岁以后：处理掉大部分锅碗瓢盆等厨具和日用品，生活简单化，周边清洁化，内心淡定化，说去养老院拎包就走，不给社会和儿女留垃圾和负担。

……

道理我都懂，但我还是觉得太残酷了。这个意思就是，人在死亡之前，要先死掉一次。第一次叫"社会化死亡"，切断了和社会的联系、切断了和心头好的联系之后，所能做的事只有等待真正的死亡了吧……

所以，所见所闻，还是让我们此刻软下了心肠，别那么决绝地断舍离了吧。

金球奖主持人 Ricky Gervais（瑞奇·热维斯）在一次采访中说："之前的 145 亿年，我们都不存在，现在如果幸运，能存在个八九十年，接着继续永远消失，活着就像一次度假。所以我们应该好好享受。"

我觉得我们现在开始慢慢找回了一些牵绊的人间关系,理解了一些时间带来的不同价值观,想要拥有更多,来证明生活依然还值得一过。

无论是不是决定断舍离,我们都要开始思索一些以前从来未曾思考(或有意回避)的问题了。

# 一旦接受了"活着好累"这种设定……

有一件悲惨又可笑的事情是,狗刚刚1岁,却长到了80斤。

也就是说它拥有了强大的力量,但还没学会控制自己。我每天早晚出门的时候是这样的——旱地冲浪。

我真的好累啊!要用力拽住它,要陪着它奔跑,要给它上课,要按捺住它骚动的想跟别的狗打成一团的念头……每天都会有这么一幕:我们两个回到家里,累得各自睡去。

是真的累,这不是狗,这是大型健身器械,还是加了负重的。对于不爱运动的我来说,每天累得只想睡觉。有时不明真相的朋友想帮我遛一下狗,接过狗绳儿的那一瞬间眼神都变了,充满了respect(敬意),他们不禁要问:你是怎么做到的,力量、反应速度、敏捷性都这么一流了?

我面无表情地呵呵冷笑:你听说过为了狗吃增肌餐的吗?就是我。

有趣的是,虽然我每天都觉得累到半死,但在朋友们的眼里，现在的我，精神抖擞、身体健壮。他们都惊呼我瘦了一大圈儿，用了各种比喻来形容：我觉得你阳气十足，我觉得你整个人都支棱起来了，我觉得你一点儿都不丧了……请保持！！

我自己呢，穿上去年的裙子，居然觉得有点晃荡了，心里想：好吧，看来真的是瘦了。身体好了。可见养这个大牲口并非一无是处？然后马上又会发出一声呐喊：可真的太累了啊每天！

你看，在别人眼里状态越好，其实背地里你承受的辛苦就越多。换句话说，你要是想看起来有点人样儿，必须接受辛苦才能有收获这件事。

更贱的是，我仿佛已经习惯了这种生活，有时候狗想偷懒趴下，我都不答应，非要带着它在林间奔跑才行。

一个臂力等于加了40千克重量的健身直男般的我，陷入了沉思，得出了一个结论，那就是——一旦接受了"活着好累"这种设定，就是打算死心塌地地累下去了。

我倒是认识一些游手好闲的朋友，对吃苦受累这件事嗤之以鼻，说自己反正家境还行，就打算游山玩水环游世界了。

问题是——你就算玩儿，也需要好的体能去吃苦受累啊！都不用说什么南极和乞力马扎罗，咱们西藏也有冰川可徒步，咱们梵净山也得一步步爬上去，想看绝美风景，不受累就是看不到。哪怕是正常的5A景区，你体会过那种大太阳下暴晒然后走好几百级台阶从人潮中穿过去的感觉吗？

行吧，就算你只飞过去住豪华野奢酒店、喝香槟、拍自拍，也要经过漫长的飞行、出关入关、换乘交通工具这一番折腾啊，以及旅途中的各种不确定性，总归还是要受累的。你知道真正的懒人啥样吗？他们只在城中核心区逛公园吃火锅打麻将，想想折腾那么半天就为了看个日出，才懒得动呢！

有多成功，就有多累。俗话不是说了吗，你不能光看见贼吃肉，看不见贼挨打。不要跟成功人士聊这个问题，他们除了有能力、运气之外，通常还有过人的体力和精力，很少天天喊累叫苦。

大概有几种心路历程：一是为了营造金手指一开的传奇人生，那些苦和累都默默地咽下去了；二是可能读过《不抱怨的世界》，生怕喊累被人轻视、带衰自己；三是觉得我都成功了，有那么多亮点可讲，为啥非要说不开心的；四是也有可能是心里真的明白，不这么吃苦打熬，哪有今天的成就啊。

不过最近经济形势不太好，他们也纷纷出来叫苦喊累了。那可能是真的挺不住了吧，但也有可能是为了拿贷款。

你还记得"1万小时定律"吗？有人评估过，在任何专业领域，想要有所成就的话，通常需要经过1万小时的训练和练习，换算成正常的工作时间，大概需要10年左右，你才能勉强被称为"专家"。刚开始我还不太信，觉得就不能有天赋异禀的人吗？回过头去看看，我光是写字，又岂止写了10年啊。逃不过的，谁都逃不过的。

其实人人都知道，现在苦一点累一点，明天会更好。从道理上，从肉身体验上，这个结论都是成立的。只不过就是"现在"太难熬了，不如想想凭着自己的聪明才智还有没有其他路可以走。

环顾了一下，真的没有。虽然每个人的朋友圈里都有一些看起来锦衣玉食、好像完全不知人间疾苦的贵妇，觉得就像她们一样天天酒店喝香槟、博物馆打卡也挺好的，那也只不过人家只是把光鲜的一面给你看而已。

看了几个日本的综艺节目，其中有一个是跟拍贵妇们一天的生活，看到目瞪口呆。如果没有这样的实录，你可能还觉得她们打扮得美美的，去参加酒会、出席慈善晚宴，过得很轻松，事实上却是每天早上四五点就要起来，给丈夫、孩子、自己做不同的早餐，还要妆面匀净地陪丈夫吃两次饭，无休止的家务和孩子们的教育，给"辛苦"的丈夫提供情绪价值，还要保证社交场合的光鲜……在那个节目下面的留言里，都是一片"怕了怕了""过不来过不来"的呼喊声，体现了时代可能确实不一样了——与其为了别人受累，还不如为了自己受累。

道理就是这么个道理，你不肯在自己身上吃苦受累，就得为了别人付出。靠着男人光鲜的，就得小心翼翼地去应付他们；靠着孩子体现人生价值的，就得在孩子身上吃苦受累。

但是呢，说到孩子，道理也是一样的！我的朋友们最近宅家体会了小神兽们无止境的精力折磨，每个人都累到崩溃，甚至连开学通知上，校方都要特意注明：送孩子上学时请不要露出喜形于色摆脱了包袱的表情……可这也是一分耕耘一分收获的事情啊。

你为了孩子受过多少累，就会收获多少快乐。亲密关系的建立，其中一定是双方的付出，而亲子关系中，大人要给予孩子多少关怀与热情，才能得到毫无保留的情感回报？可见这世界上没有一件事儿能偷懒。

把当下的日子糊弄过去，可能会迎来一地鸡毛的未来。大家都一把年纪了，早该破掉世间仍有传奇的妄想。

我偶尔也想，就每天在家躺着，高兴了出去吃吃喝喝，玩点有趣的东西，跟喜欢的人在一起，那种无所事事、轻飘飘的生活多么美好啊！就好像你现在抓住个年轻人问梦想，十有八九给你的回答是"暴富"一样。但这也就是想想而已。真让你过上那种只有消费没有创造的日子，那简直是巨大的空虚砸过来。

后来我大概明白了，命运从来不馈赠人什么。你所拥有的东西，都是你自己换来的，有人靠能力，有人靠颜值，有人靠性格……最多给你一点运气，让你兑换的渠道能顺畅一点儿。

也就是说，"活着好累"的这个设定是一直在的。不是累在自己身上，就是累在他人身上，但一旦硬起心肠接受了这个设定，就能体会到另外一种快乐。这就是所谓的"内啡肽快乐"吧！

然后你就发现自己累着累着就习惯了。就像我那些跑马拉松的朋友们，最近可是憋坏了！

硬起心肠接受这个设定，就意味着你终于明白这世界上没有捷径可走，也没有真正轻盈的生活，一个人一旦失去创造能力，不想背负责任，更不想付出任何，那么也就意味着他对这个世界来说，是没有存在感的。

所有给你提供金手指秘籍的，从什么"每天五分钟练出马甲线"到"一年变成CEO"，到"三年实现财务自由""如何做个讨人喜欢的人"之类，都是忽略了笨拙的量的累积，也故意无视了命运的等价交换法则。他们只不过想收点知识付费的课程钱罢了。

# 挺住！我们能活！

9月末的一个清晨醒来，我无比清楚地感觉到，一直压在胸口的一块巨石消失了。

那一刻简直想蹦起来：我活了！我又活了！

从7月初开始，我陆续生了几场病。不是大毛病，但体感极差。基本上就只能在家静静地躺着，体力完全不支撑任何运动（包括脑力活动）。这么说吧，我连字都写不动了。最严重的时候，狗都要送去探亲，因为根本遛不动它。

和身体的痛苦相比，更难以忍受的是精神的苦难：每天浑浑噩噩，睡眠非常差，但醒着就只想睡觉。睡觉是我最大的欲望。对一切都丧失了兴趣，吃也吃不动，动也动不了，看书看不进去，物欲突如其来地消失……感觉就是硬挺着先活着，其他事物都如潮水般退去，隐于远方。

而且生病就容易胡思乱想啊……我心想，这还不是什么大毛病，如果以后我年老了开始多病、体能衰退，又该如何重建我的生活？

以前牛犊子一样的我，根本听不进我妈絮叨的"健康最紧要"这件事。后来倒是慢慢明白了一点，你看无论成功企业家还是流量明星，无论保洁阿姨还是白领社畜，只要够健壮，熬都能熬出头来，能满世界乱飞、当斜杠青年/中老年、多赚一份钱、多找点乐子……没有好身体一切都是白搭。

体能精力开始下降之后，我们注定不能再过和从前一样的日子，会进入有取舍的年代——你会先硬着心肠割舍掉什么呢？据说大部分人都先砍掉社交，因为自己没用了，所以社交也都成了无效的吧……

人生还是那个马戏团抛球游戏，慢慢地，掉在地上的球越来越多了。只能硬着心肠不去看，掉就掉吧，我先攥住手里这个。

我还想了很多。一些小毛病正式揭开了"中年低谷期"的序幕。

我们曾经以为，只要自己够努力，又稍微靠谱点，日子总是闪闪发光朝前走的。它会越来越好，越来越厚实。可其实未必，我们要跟日渐衰退的体力精力进行博弈，要跟上逐渐看不懂的社会风潮，还要准备好迎接不可预测的变幻与动荡。

在我生病躺倒之前，我怎么能想到如日中天的明星一个个糊了呢？又怎么能想到转瞬之间一个行业多少人都失业了呢？醒来发现自己的朋友陆续离开了这个城市去了别的地方，而身边更多的朋友正在相互提醒：稳住！我们能活！

有句话形容啥才是"见过世面"——能享受最好的，也能承受最坏的。要这么说的话，我们可能都需要再见见世面了。一个人不飘了以后，肯定会想象未来，这里面包括一些下降的、下沉的东西，当我们的境遇不够好的时候应该怎么办？我们又该如何不带着悲伤继续生活下去？

幸运的是，我熬过来了！我感到那些呼啸着远离的快乐又呼啸着回来了：想吃好吃的，想出去玩儿，想买包，想跟朋友喝大酒！这个时候我才恍然大悟：原来！原来！心情不好真的是因为身体不够好！

但我平白无故收获了一堆人生感悟。所谓病中琐思，就像是一场预演，提前给了我很多宝贵的经验。

我来形容一下什么是"中年低谷期"：

你的体力逐渐下降，在困和睡不着还有累之间切换。

你的注意力能集中的时间越来越短，很难有耐心持续地做一件事情，而周遭的琐碎会一直一直一直打扰你。

你前半生努力习得的人生经验和社会规则认知正在逐渐失效。

你所从事的行业光环不再，职业发展看得到天花板。

生活中的责任和压力越来越大，哪个都不能放手。

在这种情形下，任何一件事都可能成为最后一根稻草，回忆起来已经很久没有让你快乐的事。你突然之间丧失所有的动力，甚至开始抑郁起来。所谓中年危机、中年抑郁都是这么来的。

我在生病和胡思乱想的状态下，感受到了一种百无聊赖、失去热情的状态，我把它命名为"中年无聊症"。

"中年无聊症"的一些表现：

听到人家说"床上你感觉最爽的事"，想到的事是——睡足8小时。

听到人家说"年轻人的世界你不懂"的时候，先是附和，然后生闷气。

看不懂的事情越来越多，但也完全不想去懂了。

和朋友约了很久的聚会，洗完头已经累得不想去了。

心肠坚硬，看世间事都情有可原，但转念一想谁又来原宥自己。

除了刷到一些小猫小狗视频之外，很难流泪。

玩乐会有罪恶感，但太努力也觉得自己很惨。

对感情和银行存款一样谨慎，轻易不动。

总之就是觉得每天困累交加，什么都没意思，什么都不想。

其实每个人都有自己的劫要度。该来的总会在某个时刻轰然降临。

也有很多人讲述了自己度过中年低谷期的经验。有一个说法是"向内收缩"。

比如审视内心啊，寻找真正的所需啊。我知道很多乐趣慢慢溜走的次序，不再乱买东西，不再动不动犒赏自己，消费变得更加理智；尊重每一种周期，风暴来的时候就回港，卷不动的时候就躺平，将那些困境视为人生中的悠长假期；不再在一些没有收获的事情上投入心力，减少社交，清除冗余。这都是很好的。

但这也可能是另一种死循环：因为它最终都指向只有冷静理智，没有欲望，也没有生气的凝固状态。

向内探寻自己的世界是必要的，向内收缩也是必要的。这样做的关键是，你还要有能自拔的能力。

理智消费的人也要舍得为自己的爱好一掷千金，躺平的时候还要评估自己是否还有支棱起来的力气，悠长的人生假期其实是在为继续鸡血积蓄力量，清除人际关系的冗余之时也要对爱的人更加热烈。

能做到这些，还是基于乐观的长期主义，"人生来日方长，后半段的日子我会好好想想应该怎么度过"。就算我们日渐式微，也总能寻找到式微之后的快乐与坦荡。

我大概躺平了3个月，然后在9月末的这一天，生命力重新回到了我的身上。

我们将要如何度过生命中那些低落到尘埃的日子？

第一，有病要吃药。情绪和心情会被身体决定，充满病痛的肉体无法承载快乐，也很难承载开朗和豁达。情绪病往往也是因为境遇激活了潜在的一些病灶。当我们无比低落、困倦、不安的时候，也要学会反查，是不是机体本身出了状况。

第二，放弃比较，放弃给自己的人生颁奖，硬着心肠去掉那些妄念。就会终于明白终将以"普通人""正常人"这几个字来定义自己的人生。接受生命中的高低起伏。

第三，摆脱金钱焦虑。低谷期不要去想赚钱和发财的事情，需要想的是在现下这种境遇中是否能过得更舒坦更开心才好。去开发一些不需要金钱也能得到的快乐。

第四，尊重时令和周期。该躺平的时候不要硬撑，就好像不要逆水行舟，不要滚石上山，不要缘木求鱼。让紧绷的弦儿松一会儿，复盘一下前面的路是不是走错了，或者我就是想在路口躺下，也不需要产生罪恶感。如果因为不够努力而有罪恶感的话，说明你对自己的价值判断偏低，因为你倾向于只有付出了什么才有资格得到什么——而就那么躺下，看天上的云飘过，这是不需要付出的呀。最后，躺够了就爬起来吧！

最后，还是要"二"起来！不需要老是想，不需要思虑周全，站起来就走，冲出去再说！允许自己偶尔放纵，也纵容一些突如其来的念头。不要怕被爱的人拒绝，也不要怕跟讨厌的人撕破脸，做一些无厘头的事情也不要感到羞愧，别人说你不成熟的时候不要羞愧甚至要沾沾自喜……你知道所谓的"二"是什么吗？那是鲜活的生命力啊！就好像我们看到高中生一般的恋爱会情不自禁流露出姨母笑一样，那也是我们随着时间流逝失去的一部分啊！

里尔克早就看穿了一切，而我愿我们都能挺得更久一些。

# 愿我们都能遇见"心软的神"

有一个小朋友可能不知道,他创造了一个词,一下击中了很多成年人。

事情是这样的:有一天,一位宠物医生发了朋友圈,说早上开门,门口多了一只猫。

这不是惯常的有人遗弃猫在宠物医院门口的桥段,而是一只小猫,被纸箱装着,箱底垫着旧毛衣,还有一封信。一看就是个小朋友,捡到了一只生病的小猫,他在信上写:实在是找不到其他办法才这样做……希望它会遇见心软的神。

随信他还附上了自己积攒的所有零花钱,连硬币都拿出来了。医生发朋友圈,可能也是被感动到了吧。

反正那个瞬间我被狠狠击中,那种有点想哭却又被抚平的复杂感受阻拦不住地冒了出来。

小朋友,你可能不知道,你就是那个"心软的神"啊。在这个故事里,所有人都是——小朋友、医生、投稿的人、被击中之后转发的成年人们。

在那个瞬间,所有人的心都跟着软了一下。

倾尽所有去做一件没有回报、未必有结果的事,这简直是慈悲。天真的人做来,格外感人。

我总是提及人生的断舍离,一些割舍,一些放弃,一些服输,那是和负面、纠缠、消耗自己相关的情绪或外物。而能软下心肠的时刻,就是这样悲悯的时刻吧。这是我们于天地间、于茫然中寻找支撑的时刻,也是众生皆我的时刻,也是向命运的仁慈回馈的时刻。

我之所以感触强烈,因为还有一个对比的故事:一个姑娘在麦当劳吃快餐,来了个孩子说自己饿了能不能分给他一些。姑娘拒绝了他,但她顺便教育了小朋友:我以前的生活也很差,你要像我一样努力,以后也会吃到的。

我不知道这样的故事是不是流量密码,但就算是编的,也是默认了世界上的丛林法则是合理的。

对于成年人就更加残酷,社会达尔文总是伪装成励志的形式出现:你丑是因为你懒得收拾;你胖是因为你懒还贪吃,没有自我约束能力;你穷是因为你笨,同时还懒还不上进;你失业是因为你知识老化没有继续学习……你认为仅仅是歧视吗?不,这中间还隐藏着焦虑,仿佛自己做到了一直努力保持更新绝不偷懒,就不会遭遇一些厄运。

"受害者有罪论"往往也是因为同样的恐惧或焦虑,虽说君子不立危墙,但如果你被调戏、被偷窃,是因为你穿着暴露或粗心大意，那么就变成了你的原因。如果我谨慎端庄，是不是就可以避免这些？

但是朋友啊，你多看看新闻，看看世间百态，就知道不是这样的。就好像一个勤奋积极的新东方老师从来没有想到有一天整个行业会消失，丰收在望的农民辛苦了一年却在秋天遭遇了一场暴雨，明明生活刚开始好转的程序员却得了罕见病……这个时候你不得不相信运气和命运。

"心软的神"，成神也是一瞬间的事，大部分时间，他经历过同样的苦痛。先不说天灾人祸，或命运拨弄那种大事件，哪怕是我们成长中有一些幽暗的角落中还存留着成长的痛，也会在某一个时刻跳出来提醒自己：你依然是角落里那个伤心可怜的孩子。

有的人从来没有得到过父母的肯定，有的人没有被公平地对待过，有的人心爱的玩具被随意地毁掉了，有的人真心对待一个朋友却发现他最好的朋友不是自己，有的职场新人在办公室经历了特别痛苦的折磨……当你以为这些事已经过去了，可场景重现的时候，依然会记得曾经的那些伤害。

而人们会有不同的应对方式：一个朋友被甲方折磨到疯狂了之后辞职，但他另起门户的时候也是个疯狂的甲方，他还会对一切服务人员特别苛刻。他的理由是：我能做到的你为什么做不到？而另一位做到公司高管的朋友，对年轻人总是很宽容，是因为她回想起刚入职的时候那些前辈对她无私的帮助、手把手的教导，她也希望自己可以成为"记忆中那个对自己有影响力的人"。

在爱情里更加是咯！好多人变得自私、冷漠、抠门，是因为在前一段或前几段恋情里没有被好好对待，感觉真心喂了狗，从此在亲密关系中失去了信任、亲密和温情，总是计算着此刻分手到底谁亏。他以为这回自己肯定不吃亏了，却不知道作为人，失去了最宝贵的东西——爱的能力，从此变成了一个精于算计、总是提供市侩招数的"情砖"。

相比之下，那些善于遗忘、依然保有信任和温柔的人是多么可贵啊。如果你依然可以柔软，就会变得更加强大。不仅仅可以好好爱着自己，也依然可以好好地去爱别人。如果上天有馈赠，这可能是最珍贵的一项。

所谓"心软的神"，无非是懂得世间之美，抱有同理之情，不愿意他人经受自己曾经经受的，也不会把世俗中的得失看得太重，更能体会内心的安定与坦然。在我的理解中，这不仅仅是善意那么简单，你的每一次心软，都是和这个世界达成的一次小小的和解。

我的朋友曾经说过，以前她看谁都是傻帽，而现在看见真的傻帽，脑子里也会浮现出四个字：都不容易。

你不是他，你没有在他的那种境遇里，你就不能随便指责他和建议他。同情心应该是共情心，那是一种感同身受和命运相连，而不是居高临下的施舍。我也曾经婉转地劝说过一位朋友，用了最庸俗的一句话：不是谁都和你一样一开始就拿一手好牌的，我们可以嘲笑一个人出昏招，但不能嘲笑他拿到的牌烂。但你再心软一点啊朋友，就算某个人在某件事上出了昏招，你怎么知道不是他的成长环境和教育背景让他根本无法思考到原来还有其他的解决方式呢？

有人说，人年龄越大，就越会退了火气，变成毫无个性的面团团。也有人问过我：你为何不像以前犀利毒舌？我觉得道理是一样的：当你越来越明白众生皆苦、生之不易，你就很难为了过个嘴瘾说出刻薄的话。你说年纪大的人是厌了吗？不，他们已经离开了初级战场。他们只是不想再去彰显自己的"厉害"，他们更明白，若可以不带着敌意生活，若还能爱人，就已经是人生的莫大成就了。

人越活越心软是真的，因为你已经看过太多"不容易"了。

家里有小猫小狗的人，会对小动物比较温柔；养了孩子的人，就见不得小朋友受苦的新闻；苦读出来的山里学生，更愿意自己的学弟学妹们也能得到帮助；家中有亲人生病的，会更能理解陪伴的意义……怪不得我妈看韩剧都要哭，可能觉得大雪天里得了白血病太惨了吧。

人生就是这么忽软忽硬吧，一时间觉得应该硬起心肠，停止消耗自己，不再反复追问，一时间又觉得应该软下心肠，万事万物皆可谅解。一时间觉得我还是要振奋一下，一时间又觉得索性躺平算了。其实都没有错，只是何时软，何时硬，这就是我们一生的功课了。

我们是多么希望在每个难过的瞬间都可以遇见心软的神啊。但——首先你也要成为心软的神，你懂得，你体谅，你愿意在某个时刻帮助他人，你依然希望自己是温柔的。于是，我们就很有可能为彼此显现神迹。

# 再见波澜壮阔的这一年

经常看东京电视台的《跟拍去你家》节目，其中有一个栏目叫——《波澜壮阔的人生》。

实际上这节目总是令人绝望，大部分人住在杂乱的蜗居里，要么超负荷工作着，要么放任自流地生活着，被社会规劝或束缚，用尽全力的挣扎也显得那么微不足道。很多人有悲壮的过去，惨痛的故事，用便利店的啤酒讲述着，不服的人总是遭到暴击，若你表现出幸福就总会遭遇不幸。

但这依然是"波澜壮阔的人生"啊。在这些故事里，有身患绝症抗争到底、在舞台上燃烧殆尽的摇滚歌手，也有一再逃离最后孤独生活在荒岛上但原宥了一切的老婆婆，还有熄灭梦想、决定踏实地去追求现世爱情的普通人。

有人省吃俭用住豪宅，有人在豪宅里垃圾堆成山，有人孤独终老，有人因于家庭……就是这样的众生百态，凝聚成的也无非几个字：众生皆苦，都不容易。

所以终曲总是响起同一首歌，let it be，let it be（顺其自然）……每一缕擦过你肩头的风，都是无言的人生。

若你问我2021年感受如何，我同样会说出：这真是波澜壮阔的一年啊。

当你有了人生阅历，再看天道运行，或许能窥见几分规律。艮土八运逐渐退运，过往20年的经验不再适用，因为潮汐星辰也在瓦解旧势力，重建新规则。

曾以为努力就会有收获，曾以为日子总会一天比一天好，曾以为房子才是最硬通的保值，还以为一些意外总是电视剧中的桥段，也曾以为巨星们总会活成传奇——在即将结束的2021年，这些都开始有一些些不确定。

如果你回顾这一年的新闻，你会发现，曾经的Money Empire（金钱之国）开始摇摇欲坠，小而美重新焕发活力；有些厉害的行业消失了，年轻人正在从事你看不懂的职业；你以为的完美偶像破绽百出、依次崩塌；更让人担忧的是，世界上已经没有"不变"这件事，我们从来没有如此密集地迎接变动和挑战。而因为疫情，这个世界已经很久没有相互之间的物理来往了，连"远方"也不必在了。

我们担忧，我们焦虑，就是因为在这样变幻规则的时间中，一时还没有找到自己笃定的位置。每当旧的秩序消失的时候，新的力量也在逐渐地生成。你只有保持一颗坚硬而勇敢的心，才能面对这一次又一次的出其不意。

我现在觉得，人有时不用关注那些宏大叙事，更应该先从身边人的故事中得到一些启示。

在过去的这两年，我自己的故事乏善可陈。貌似没变，又貌似变了。可能有很多人和我有同样的感受吧，那就是：我们不再野心勃勃，我们虽然没有完全躺平，但也松弛了许多。

我前几天看了一篇文章，题目大概是"不再996之后，我寻找人生KPI"，当时我戏谑地说这个作者其实还没想明白，人生怎么能有KPI呢，它实在是不可量化、不可考查的啊。可我明白那就是更多人开始真正关心生活应该过成什么样子，就好像朋友圈里发的可能是一些华彩或美好时刻，而深夜痛哭的我们总是独自咽下那些复杂的感情默默回味，而现在，我们终于开始仔细端详那些"我没有在发朋友圈的时刻了"。

今年生了一场不大不小的病，严重阻碍了我的"野心勃勃"，这让我变得温软了许多，对很多事情的看法也不再那么决绝。适当的拖延是好的，因为——"时间总会给你答案"。

心境的转变让我已经体会到了所谓"人生巨变"，仿佛在某一个时刻，过去的你已经过去，现在的你变得崭新。啊，这听起来就是新年的意义吧。每一年的我们都如此不同。

"人生巨变"是真实存在的，在这一年，我的朋友中，有人失去了联系，有人失去了亲人，有人失去了财产，有人失去了健康。我们从未如此密集地体会到"失去"的意义。而我们这些活着的、侥幸的人啊，却更懂得了珍惜的意义。

我深深佩服我的一些朋友，甚至直呼牛气。人总是在意想不到的时刻变得格外坚强。

我无意用朋友们的人生巨变来讲述不痛不痒的故事，在他们经历了那些事情的时候，我也格外地受到震撼。命运总是随机地扔一只两只靴子，砸到谁的头上都是有可能的，若从这个角度说，他人即自己。每当这个时刻我只能说"我在，我一直在"，而我更要明白，人啊，无论遭遇了什么，胸口依然要有个"勇"字。

我们就是要硬起心肠朝前走啊。

我的朋友A，在今年遭遇了意外。你很难想象一个平时嘻嘻哈哈的年轻人，从ICU醒来就开始发自拍和继续工作。我们平时交集不算多，所以我更会受到震撼，那些发生过的事情是多么惨痛啊，而心中的痛可能需要更长久的时间才能治愈。而他能做到的就是继续保持生活的热情走下去。

我的朋友B，不久前突发心脏病，现在说起来的云淡风轻，依然掩盖不住当时的惊心动魄。而手术之后没多久他就继续上班去了——倒也不是说多么敬业，我更佩服的是他保持正常生活节奏的决心。当然，变化还是有的，可能以前觉得可以等一等的事情，那些"到时候再说吧"的梦想，都可以提前实现了。他现在的口头语是——"我都梗了，还不让我赶紧圆梦啊"。

我的朋友C，去年照片上和她团聚的人，今年已经离开了。我有时想，如果是我经历了这一切，可能会哀哀怨怨大半年，哭泣和软弱都情有可原。但她有一种打不垮的意志在：生活越是苛待我，我越要活出精彩给它看。她控制哭泣，保持健身，不让悲伤扰乱节奏，给自己买新的礼物……我想，《乱世佳人》中的郝思嘉，就是带着这种"明天又是新的一天"的坚强，才有她独特的魅力吧。

还有很多朋友，在聊天中，陆陆续续、后知后觉地知道，他们有的离婚了，有的经济出了问题，有人像我一样生病，也有人正在找新的工作……但这些人啊，都在默默地硬起心肠，自己度过这波澜壮阔的人生起伏。

我们都在努力保持着正常生活的秩序，该吃饭吃饭，该睡觉的时候去睡觉，有时躺平一下，有时又特别卷。能够"保持正常"往往需要极大的毅力，是自己为自己设定的疆界，连自己都不容突破。我们就是在这样的时刻中，更值得被爱。

"就是不服"四个字，贯穿了我们的一生。如果没有生活的重压，你都不知道自己可以反弹到什么程度。虽然我们宁愿没有这样的重压。

去年跨年的时候，我在西湖边，不知怎么就想起了苏东坡那句古诗：惟愿孩儿愚且鲁，无灾无难到公卿。可是如今，我又想起了尊龙在采访里说过的一句话：是啦，也有人说过知道太多不好，但我不想活在无知里，活在动物的恐惧里，想活在实现价值的满足感和足以慰藉他人的感悟能力里。

愿我们继续带着那个"勇"字，带着"就是不服"的硬心肠，在这波澜壮阔的大时代中，找回和坚守自己的本来生活。

第二章

# 别闹了，
# 做人那么有趣干吗啊

世间大部分的哀婉和欢愉，都是不足为外人道的。所以，有时要先变成一个严谨而无趣的人，才能慢慢体会到一种油然而生的兴味。

人生在世，努力加餐饭之外，偶尔也需要努力加点戏，才能感觉自己活得鲜活。但渐渐明白，这都是生命中的花火，赞叹过，就消失。还是和真正有情有趣、知好歹、懂进退的人在一起吧。

# 没有边界感，就永远拎不清

我们生命中曾经出现过很多人，也曾以为他会变成爱人、好友、合作伙伴、灵魂伴侣，但最后只能"玩玩"。你站在离他不远的地方唏嘘，又不敢靠近。

动物世界里的王者，是靠尿液和搏杀划分势力范围和边界的。人们则需要靠聪敏清醒的头脑和不时地说"不"来完成这件事。

"边界感"是一种很微妙的概念，会随着你的阅历慢慢变得清晰起来。好多人一提边界就凛然不可侵犯，觉得自我空间应该如何严密设防之类的，我跟你说，还真不仅仅是这么简单的事，不是让你割袍割席地成天决绝分手，也不是让你严防死守生怕别人占了便宜或对你的生活指手画脚。毕竟，拉黑不能解决所有问题。

它是双向的，是道理和道理的交界点，是你在漫漫生活中对自己和他人都有明确的认识和判断。当现实和情怀，做人和做事，感情和道理都混在一起的时候，你能清楚地拎出那条线，知道核心问题在哪儿，找到你和他人相处的边界。这样才能……

才能怎样？我喜欢清爽简单的生活、不郁闷啰唆的沟通、愉快不复杂的感情、高效率的做事方式，以及可以看到明确结果的事业回报等等。这是"边界感"能给你带来的最好的感觉。

上海话里有个俚语叫"拎不清"，大概是指做事没有条理，总是认不清形势。另外一个俚语叫"一泡污"，看字面就很生动形象。它俩简直是绝配，一个拎不清的人，总是会把场面搞得一泡污那么难看，所有人和事夹缠不清，让人烦恼，而你能说出来的最严重的话也只是……"他这个人其实人不坏"。

可生活中哪有太多大奸大恶之人，真遇见小奸小恶就已经够呛了。绝大部分时候你遇见的都是没有边界感的小蠢。若你任由那些夹缠不清的道理和情绪拖你下水，你就会慢慢发现自己身处黏稠，总是被吸干精力和热情，智力水平跟着下降，好吧，最后抱团死呗。

你应该知道有个文学流派叫"小鸡文学"，通常是讲述未成年女孩的青春荷尔蒙碎片。有一阵子还挺喜欢看啦啦队长爱恨情仇什么的，通常有误会有吃醋，最后热吻就已经是最大胜利。慢慢发现人长大了，但很多人的"小鸡友谊"还在继续——那是一种依然恨不得同食同睡的室友情谊，我所有的事情依然要 share（分享）给你。

回想起来，小鸡友谊确实温馨喜人，那时候爱情和友谊几乎是生命的全部。没有边界感的生活会营造出一种亲密无间、情义无价的错觉，那是因为连自己的世界都还没成形，自然无法刻画边界。

可是慢慢地，当旁人的自我世界已经矗立起来，你若还沉迷于这种亲密且毫无寸进的友谊，就会感受到一种被拒之门外的微妙苦恼。甚至会想是自己哪里做得不对，而对方为什么变了，于是会更紧逼一步，以近乎恋爱的方式去要求自己的朋友。

只有两个都具有强大自我的人，才可能发展出坚固的友情。否则看起来很像游伴或跟班。而两个都没有边界感的人也可以发展出坚固的友情，那是建立在吐槽八卦、互相交换负能量、抱团死基础上的互相耽误。

所以你知道为啥闺蜜越多越容易单身了吧。因为她们都在没有边界的生活中化身为对方的理想恋人了呀！

看起来像恋爱的友谊无疑是没有边界感的：你的朋友要有闲暇陪你玩耍游乐，你心情不好的时候要随时一个电话过去安慰，你会逐字逐句跟她分析暗恋对象说过的话，你也会仔细给她讲你和恋人的一切细节，你们甚至还要互赠情人节礼物，甚至对方有新朋友的时候你会吃醋。以上等等，逃不过情感控制，或者总希望有人对自己的情绪负责。

你想想，如果单身时都已经如此不能自理，恋爱后是不是会更顺理成章地在别人身上寻找安全感。要求对方必须和自己三观一致、至爱之间就应无话不说、手机微信必须摊开来看……

在感情中，没有边界感更多表现为主动入侵别人的领域，需要旁人额外多地对自己负责，虽然这看起来并没什么用，但还是忍不住会去突破和试探一个边界。这么讲起来，为什么很多人过年不想回家？也是因为父母和自己更是互相突破底线到天际，每个人不仅要证明自己的生活方式是合理的，还要让对方全盘接受。双方都不懂哪怕国境线的边界，都还有一两公里缓冲地带。

情感中的边界感，一方面要忍住自己干预旁人的心，一方面要守住自己的天地。在我写了那么多情感话题之后，并没有太多朋友来和我倾诉这方面的问题，其实是因为人们通常都知道答案，只是无法安顿流窜的情绪而已。如果你不懂要适时挂断电话，就难免不被扯入一个黑洞。

我们形容没有边界感的感情是这样的：友情看着像恋爱，爱情搞得像父母教孩子，父母关系搞得像小朋友之间打架……

其实更让我感慨的一种拎不清，是人在江湖的夹缠不清。我认识很多朋友，人真心还不错，也热情，也有才华，但最后总是变成可以一起玩但不能共事的酒肉朋友，变成了隔着屏幕点赞但是不能一起工作的热心网友。

不是不感到可惜的，我偶尔会觉得阅历和智慧经常发生阻障，尤其在加入感情之后。还有就是过于设身处地，总以己身去处别人的地。做人和做事的边界感，是衡量一个人行走于世的真正智慧。

和好友一起创业，不好意思拉下脸说好股权分配或管理职责；让亲戚来自己公司上班，顾着面子不好意思严格管理；有时碍于面子，不好意思跟客户讨价还价……这确实不是心肠软的问题，而是拎不清两个重叠关系的边界。这和有的老板讲情怀总被骂是一样的，虽然事情都是理想加现实，但你不能是自己的理想加职员的现实。（当然这种情况大多是揣着明白装糊涂）

我认识一个人,她曾经在过去的几年中若干次托朋友来找我帮忙。其实我是直接认识她的,并不需要有关系更近的中间人来转达。也许她觉得如果能够找到我的密友,就能提高帮忙概率。但这件事就涉及了人情边界感:你认为你们两个的关系比较密切,你也认为我和中间人的关系比和你密切,那么你求人帮忙,首先免去了张不开嘴的尴尬(要知道大部分非必要求助都是尴尬的),然后又免去了直接欠我人情的尴尬。

一切的荣耀和波折都归于中间人。而我只剩下尴尬。那么正常人都会想:为什么我要搭上人情去做一件并不能收获任何感谢的事情呢?

这样的事情有很多,大部分情况下他不是坏,就是有点傻,不明白自己是在消耗朋友的情谊。摊薄了人情不说,做事的环节根本是不可控的。这就是所谓的拎不清,在你的目的和求助对象都如此飘忽无边界的情况下,自然,也不会得到什么明确的结果。

很多社交明星最后都变成了……混子和老炮。在过去文艺的年代,很怕外出聚会。经常是三四个人吃饭,吃着吃着就变成几十个人的大局。结账的时候问题就来了:也许席间有一个人是准备了请三四个人吃饭的额度的,吃到后面,为什么要为那么多人买单?这时候钱不是关键,而是"我为什么"的问题。朋友的朋友的朋友都来了,他们混了个欢快的大局,互相加了联系方式离开。只剩金主在想:我为什么?

后来这种大局慢慢少了,因为最爱呼朋引伴又不爱买单的那些人,已经慢慢开始没人敢叫他们了。他们也真没有爱占便宜,他们有时甚至天真地想，我朋友就是你朋友，我喜欢的你也应该喜欢啊，一起玩儿多好。但大部分人是受不了这样没有目的只图开心又没有边界和分寸感的社交模式的。后来我见过他们之间有发财的，继续延续这种食客三千模式，然后就没有发财了。这说明拎不清的人，也守不住自己的世界。

创业圈，天真的拎不清者就更多。我见过有人在简历上说自己的优势就是大V都认识，可以刷脸让大V转发微博。也见过请人吃饭现场打电话叫生活方式KOL（关键意见领袖）来跟公关签字买单的。有人会搭上自己的朋友圈和EMBA校友群，使劲刷自己公司的三俗营销方案。每每看到这些让人惊讶的案例，我就深深感慨，为什么总有人分不清做人和做事的标准？为什么不能守住个人行为和职业行为的边界？为什么总喜欢泥沙俱下地交织？为什么总要把人情和利益搞到一起谈事？

我在遇到这样的一点小苗头时，就会决定审慎地和一个朋友共事。因为分不清感情、人情、职业行为是危险的。他们不坏，但会把事情搞砸，还耻于谈钱，又满腹委屈。从活着的角度来看，这样不甚愉悦，又效率颇低。每次我都会很艰难地说一个"不"字，然后暗暗打算请他们喝两顿酒，揭过"合作"这一幕。

硬心肠的一面是冷静。冷静的基调是理智，理智的某一面就是既能守住自我边界，也能看清他人边界，并不试图去扰乱。退缩和糊涂会影响边界感的清晰，最后大家也就共裹一泡污，欢快抱团死而已。

# 且将薄情付旧日

《金装律师》前几集里,刚刚踏入正途的男主角,焦虑于旧日死党的折堕,试图和病床上的奶奶讨论友情。一个主流的奶奶可能会说一堆套话,但老太太特别直接地说:Mike,你知道,有些人是你人生的绊脚石,你总要跨过去的。

弹幕里呜哇一片,年轻人感慨着奶奶的睿智。其实当时情形如小船将倾,能爬上岸一个都是好的,如果执意回头拉扯,很可能会跟着掉进水里。

一段关系里,难过的可能是那个先提出分手的人。当后者还在苦苦追问为什么我们不能像从前一样的时候,前者会更加分明地感觉到隔阂的存在。他知道对方永远不会明白到底发生了什么,一切都已经不一样了,并且回不去了。

能从"过去"逃出来的人,都是胜利者,也都是幸存者。

从别人的过去里逃出来,其实没那么困难。你儿时的伙伴、同宿舍的同学、前单位的同事、上一个恋人,很容易翻篇儿。

就像山川河流之力一样，它缓慢有力地把你们分开，上山或者入海，也许还可远远相望，但毕竟过桥走路、下雨嫁人。"我们确实回不去了"。

我对青春期怀旧充满极大的烦躁之情。这也可能是想从自己的过去里逃出来的一种表现。反正我受不了海魂衫、铁皮机器人、BP机、1999年写好昨天才发行的民谣等等。之前我就说过了，这会让我觉得日子都过到狗身上去了，只是因为毫无进步，才觉得从前、那时是真好。

逃出自己太难了：不断重复自己最好作品的导演，依然以为撒娇可以解决问题的姑娘，觉得离婚是人间惨剧的长辈，怀念10年前房价的投资者，执意觉得私企过于low的外企高管……他们有一天发现，过往经验突然失灵，有些事情开始不对劲，就像诺基亚被收购时CEO说的那句话："我们并没做错什么，但不知为什么，我们输了。"

反而是贾樟柯，他曾在一个演讲里说："我要抽身而出，我要建立新的关系。"

他谈到了一些焦虑、无力，居然解释了我对"怀旧"这件事的烦躁缘由。他说："我发现20多年过去了，我们讨论的问题没有变化。各种各样的问题，其实都是我们一直在重复的：一直在重复地回答，一直在重复地讨论。……我们在思考社会变化，这实际上是滞后的。我们谈论的是老问题，新问题无人问津。……更重要的是，我发现我们潜意识里都有形成共识的渴求，而在这件事上花费的时间太久了。"

他也说朝前走是最重要的："佛教所言不辩，就是不纠缠，去获取新知。"

所以，我觉得对过去的怀念，是从丧失了继续学习、继续成长的能力的那一天开始的。在这件事上，李安真是个好榜样。他一直给你看不一样的他，他一直给你看永恒人性的另一种表达。

毕竟，谁也不想做一个只会说"我吃过的盐比你吃过的饭还多"的人。再说，无论吃盐还是吃饭，吃得多也都不是什么值得夸耀的。

从别人的身边逃开，是容易的。遇见新的人，会让你遇见其他种种有趣世界。

从自己身边逃开有点伤感：你曾忍痛离开自己的幼稚、不爱的人、做错的事，现在可能要离开那些曾被你视为宝贵财富的阅历、驾轻就熟的经验、虚妄的声名与意气，离开"一个舒适区"。

可还是要硬起心肠离开这些伤感啊。"从前种种，譬如昨日死"，真是贴切。深情待新欢，薄情付旧日，这样说起来，好像有点残酷。但是你想想，就算你备份了旧手机，也不太可能打开查看里面的照片了。

# 你我线上常见面，线下别相逢

场景一：你有一个多日没见的老友，一直约着要下午茶讲八卦。见面之后发现其实没什么可说的，因为每天大家朋友圈点赞，对彼此近况都很熟悉，而且经常在微信上有一句没一句地聊，该说的其实也说光了。一时竟相对无言。

场景二：约了老友一起逛街吃饭，然而发现你们人在一起心不在一起。他／她在专柜门口回微信，在饭桌上回微信，在车上回微信。你发现你说的话他／她其实根本没听进去，一边"嗯嗯"一边回微信。这时你恨不得在手机另一端跟他／她说话，没准儿他／她反应还更迅捷一点。

场景三：和一群老友聚会，你回到家想想，好像什么信息都没有留下。大家在饭桌上继续玩手机，互相丢链接，拍照和自拍，不同组合的合影，还有菜。然后都低着头修图。气氛短暂地热烈了一下，是因为大家同时发出了修好的排列组合的九宫格，然后混乱地互相再点一遍赞。

这个时候你会想：我是谁？我在哪儿？我为什么？

眼看着各种情谊都变成塑料的了。

曾经有一段时间，我受不了超过6人的聚会，觉得嘈杂和累，就是表面热闹，并不走心。

但人是会变的！我又开始喜欢了——天天走心多累呀，人多起码能多点点儿菜。

我觉得如今人的灵魂的一部分已经留在手机里了。说别人也没用，连自己都是。不时要刷热门八卦，一言不合要自拍一个，忍不住要翻别人的动态，还要应付已经没有上下班时间的业务往来。已婚的还要不停地跟老公、阿姨、娃互动。你敢拍着胸口说我就敢放下手机度过一个真诚的下午吗？

倒是……敢，但没必要。

所以人多聚会好啊，鉴于大家现在都起不来床，有拖延症，还堵车，多约几个人，迟到就没那么醒目，你也不至于尴尬地坐在桌子前等；鉴于彼此都走神放不下手机，多几个人总归还能有不分神的能见缝插针说几句话；然后皆大欢喜地合影，走人。只要不抱着嗑真心、走真心的愿望，就能度过愉快的一天。

我经历了几次尴尬的两人聚会，最近有点不敢单约了。

一次是刚刚坐下，朋友的老板就发信息来要改方案，立刻就要，马上就要。朋友在鸳鸯锅的旁边艰难地打开笔记本边改边骂，我在一边吃得坐立不安。

另一次约吃饭，简直全程无交流，原因是朋友早到了3分钟就开了"王者荣耀"，黑得停不下来，但我也打开了"Candy

Crush Soda Saga（糖果苏打传奇）"住不了手，我们像真正的饭搭子一样吃了一顿。哦，还有迟到了 1 小时让我干坐在那儿的，原因是刚要出门，客户爸爸就打了怒长的电话来撕她，我能怎么办啊，我也很无辜啊。

是不是有类似经历？是不是觉得对方手机另一端发生的一切都比在场的你重要？

也不是啊，就是大家都"控制不住我自己"啊。

过去都说面对重要的人必定全神贯注，现在真不是，董事会上照样斗图，面试的时候也忍不住看一眼刚进来的信息，全民散黄儿时代已经到来咯。

没觉得情谊比以前浅薄，只是那些话都在手机上说了。甚至都不必说，靠表情包都能撑过时间。

这一代人是真正在互联网上生长起来的。我跟你说，我们小时候刚有网的时候，见个网友简直十恶不赦，大家还得先内心戏千百遍"虚拟"与"现实"的反差呢。可如今你想想，有多少朋友是只知道昵称却叫不出真名的？所以抒情方式转换也在情理中。

然而宅文化和独居时代又飞快地来临了，每当你感到空虚孤独寂寞冷，所有人明里暗里给你的提示都是你还不够好，或你还不够有钱。哦对啊，跟朋友倾诉有什么用啊，要发狠做更好的自己嘛。

所以这篇文章并不是想批判手机是如何影响了我们的生活的，这种观点太傻了。

我写过一篇文章《一个成年人是怎么断绝玩乐之心的》，讲的是，在如今玩都要专业（顺便把钱赚了）的年代，单纯的玩乐戏耍，已经变得可耻。因为并没有人配合你的跌宕起伏。

感觉我们的心情与情意也碎片化了。你在每个虚无的时刻放出它们，甚至不需要回应：一条语焉不详的朋友圈，可能是"懂的人"；感到无法消解的块垒，也不试图消解，只是默默地和朋友互相斗斗图，就忘掉了烦恼。当然也有深夜某个瞬间的触动，你和她莫名其妙地大段大段地打字。这样瞬间即永恒的时刻，就没有必要第二天再约个饭 replay（重演）一下了。

其实，更需要硬起心肠的是，你不只是不要寄望谁能安慰你的痛苦，也不能指望快乐是由他人带来的，也不再期待玩乐就可以缓解心里的焦虑。所以散黄儿的这一代，心里是很明白这件事的。

有个小朋友跟我说：能讲真心话的朋友都在网上，互相安慰的方式是打钱。生活中要见的都是有现实交集的有明确目的的人，从七大姑八大姨到客户、恋爱对象什么的。至于好朋友也见啊，但见面不还是滚在一起刷手机和自拍嘛，或者一起躺在谁家床上叫着外卖刷手机啊。

所以，硬起心肠适应这种塑料情谊吧。

可能是我现在很害怕遇见专门来找我聊心事的人，也并不想真诚地对着朋友不停诉说。我有时觉得，人若有说不完的话到处对人讲，是内心里不断反复说服自己的过程。宁可两人对坐，打着游戏，有一搭没一搭地讲讲天气和菜式。

就，活到最后，承载自己的情绪都奢侈，又怎能承载他人，又怎能寄望他人？

走心的朋友，就线下不要相逢了。如果你还是带着玩乐之心，找一点能占据双手的娱乐活动，一起买菜，做指甲，或打球。当然这样的活动中也会有一搭没一搭地谈天说地，但不会专注地蹦"人生啊""生活啊"这样的大词儿。

"死了吗？""还没有。"

我想，每个人都认识几个"没有明天的人"。

这样的人是天生的小恶棍、天生的美艳神经病。他们虽无大奸大恶，但看起来也没什么底线就是了。做事从无顾忌，也并不担心任何结果，从来不会想"以后怎么办"，也不焦虑未来会怎样。想的应该都是当下我要爽，现在我就要爽，反正我想要的必须要到手。

他们是你的童年玩伴、惊鸿一瞥的同事、闺蜜口中的朋友，聚会上逃单很自然的人、满嘴都是故事没有一句实话的人、偶尔相遇顺便跟你借钱的人、勾搭你暗恋对象并且得意地朝着你笑的人……总之你可以在江湖上听到他们的各种传说，每个人都摇头，混杂着复杂的情感。

为什么说他们"没有明天"？因为每个摇头的人都在说："他们以后可怎么办啊？""以后一定不会有好结果的吧。"

我见过这样的男的，当年的艺术青年，才华未必横溢，但长相可喜，情商高到惊人。身边无数姑娘簇拥，每天上演狗血大戏。虽然没有什么钱但花起来简直像个船王。他会糟蹋真爱他的姑娘，然后跪舔全是套路的心机女，至于事业……听起来特宏大或特匪夷所思都没关系，架不住运气好，总有人接盘。

你以为最后他会变成秃头大肚腩老浪子吗？一半一半吧。但依然花枝招展地出现在人前，讨厌还是那么讨厌，但也没有晚景凄凉，过得也还行。

我也认识这样的女的，美或不美都有，号称一辈子没有恋爱会死，所有心机都在和闺蜜攀比、和男人周旋。想要的当场就要得到，从来不在意身段好不好看，但得到也并不珍惜，可以毫不犹豫挥霍抛弃。努力制造都市传奇，恨不得全世界都为之倾倒。也算是一路踩着男人的累累尸骨登上女王宝座，她们确实活在传奇里，总可以听到她发神经但自有真爱真诚以待。

你以为她最后会年老色衰孑然一身吗？并没有。依然花枝招展变成本地名媛，一样精力旺盛热爱抓马大戏，难得的是依然有人愿意陪演。

当然，还有大拨不靠谱的人，生活如摇散黄儿的鸡蛋一样毫无聚焦。可吃喝玩乐，但没法共任何事。

我们总是认识一些做人做事不敢让人苟同的人，按惯性推断他们这么搞下去未来堪忧，也曾脑补过人家午夜梦回是否也有焦虑和恐惧。可人家好着呢。

"这种搞法会死的。""并没有死。"

"我看你什么时候死？""还没死。"

"死了吗？""还没有。"

"而且，好着呢。"

这是吃瓜群众互相脑补的对话。最后不得不承认，无论你觉得某一个人是多么不符合你的三观或生活方式，无论你觉得他是多么不符合幸福生活要素或基本人生道理，但人家并没有死，并且看起来还不错，那么这个人就是牛的。他一定是发现了现实的某些破绽。

你记得不记得有一段时间流行的签名是这样的——"我长得这么好看我可不能死啊！""我每天过得这么开心我可不能死啊！"

据说十二星座版的《大逃杀》里，第一个死的肯定是天秤座。因为他们太不执着了，也嫌麻烦。脑回路是这样的：别折腾了，赶紧的，要死也赶紧死。"世界上没有什么事值得努力啊……"

可大部分时间里，生活中不能真的去死。那么只有再抢救一下，或者一路颓下去。但往往是正派柔弱的人颓下去了……那些你觉得三观不正的、做派待商榷的、不管不顾的，都硬硬的还在。也是让人感慨不已。

生活的神妙之处在于它确实不讲道理，也经常殊途同归。三观哪里用掰，岁月总会把人带去不同的地方。每一种活法都有隐秘的背面，倒不是说有钱肯定没脑、清贫必然开心、作恶终有报应那么简单。

"一直都炽然地贪爱自己的身心，这种执着就如同猛火一直燃烧却不曾止息下来。"佛经中所说"五蕴炽盛"之苦，即如此。

也许我们说的那种"没有明天的人"也是一直挣扎在欲望的边缘。可世俗生活中，欲望是第一驱动力，也是屡屡不死的秘密。

而我更喜欢"勇猛精进""心性刚猛"这样的词。

我真的见过一夜之间衰老下去的人。

曾经有一个很好的朋友，一直单身，但把生活安排得井井有条。热爱音乐、绘画、旅行，也会顺从地去相亲，虽然总是没有下文。她心知是自己太挑剔，但也并不想改变什么。

后来，她在房价巅峰期买了自己的房子，装修之后，搬了进去。突然一夜之间，所有的颓态显露出来，整个人都蔫掉了，说起新居漂亮的家具时都是一副脱水的状态。她自己也苦笑着说："这件事对我的意义可能是……我确定从此之后就要这么一个人过下去了。你看，我有车有房有钱赚，没人爱算什么大事儿。"

这就是《大逃杀》里的天秤座，与其等着人来杀，还不如自己先死给人看。心性不够刚猛，心肠不够硬，一口气自己先泄掉了。也真真是爱玲那句话："我只是萎谢了。"

当时我还蛮震惊的，老实讲那时的我还不明白硬心肠的机关。以前我只觉得前面那种不靠谱的人是硬心肠，只管自己的欲望从来都忽略他人。现在觉得老实人的硬心肠才是忽软忽硬——他们在应该硬起来撑住一口气的时候往往软下去，却在应该对自己宽容一点的时候硬气地关上了那扇可能的门。

当然，我的朋友也没死。后来也好着呢。因为她后来还是找到了一个爱人，并且神妙地又恢复到巅峰状态，好像中间那几年就是她妈来客串了一下。所以你看，世事往往就是推一把和拉一把的关系。

王小波说，生活就是个缓慢受锤的过程。很多时候，人就是这样被锤击得泄气了。我想我很懂那种感受：也曾少年心气高昂，慢慢发现平淡是真，不再梦想仗剑天涯，生活还有眼前的苟且。

别人说你醒醒，你这样不行，你信了。别人说眼光要长远，可你若不先厮杀苟且，谈何远方。别人说现实就是这么现实，你也跟着叹气说那眼下该怎么办。

最怕一口气慢慢磨没有，叹出来，说就这样。这么颓，这么软。死没死，谁还在乎。

一旦这口气叹出来，就真的萎谢了。

也怕不该硬的时候瞎硬气，对自己苛刻，化身三观侠，靠道理活着。觉得既然独立自强，就要摆出与全球作战的姿态。从未见内心刚猛的人跟吃了炸药一样，也没见勇猛精进的人总是跟人抬杠。觉得自己一切皆有可能，这是撑住一口气的硬心肠，觉得自己已无可能，这是对自己绝情的硬心肠。如何取舍，也是冷暖自知罢了。

"我觉得我还可以抢救一下。"

## 放下玩具，举起双手，都没有微词

某天，有个朋友很认真地来问我一个问题，她应该是很苦恼于公司政治和职场发展。她问我："你说，那些工作能力很差、人品更差的同事，他们就靠逢迎和钻营、暗地里使点阴招，反而能加薪升职，这样，以后会有报应吧？"

就好像学生时代里，每个班都有个好脾气的小胖子一样，几乎每个人都抱怨过自己的公司里有"小人"。我认真地想了一下，也认真地回答她："第一，一间公司里的那些工作上的小事，如果真有上天，在他们眼里，那都属于小得不能再小的茶杯里的风波，如果天地不仁以万物为刍狗，谁会关心那些破事儿啊？第二，没有人经历过别人的成长环境，遭遇过他遭遇过的事情，所以不能切身体会他为什么要这么干。起点不同的人，对同样的事情做出的选择是不一样的，而你要做的是符合你自己经历和层次的事情。第三，报应这种事，如果你相信因果，那么它就是用来警醒自己不要走到这一步那一步的，而不应该用来呼唤、施加于别人身上。否则那就变成了一种被曲解的'正义',一种被滥用的道德判断。这太荒谬了,没有人可以决定其他人应该得到怎么样的对待。"

一个人能做到的,就是妥善地安顿自身,同时还有余力照看亲人朋友,就已经很好了。一个人能决定的事情,恐怕只能是和自己有关的那部分。

之前有一个免除人生烦恼的万能句:关我屁事,关你屁事。听起来可痛快了,说完之后我也曾经痛快过。但后来我连这句话都懒得说,是因为,就算问题被别人逼到门口了,我们除了斥退他们之外,可有解决方案?难道要收藏起来等着过年再跟亲戚说一遍?

你是不是开始体会到一种微妙的心情了?这是我的一个发现,当下最振聋发聩的鸡汤,一定是以树敌和对抗为主的,除了变着法儿地骂其他人贱和low之外,更高级更隐蔽的,都是以顽强的对立作为一种处世方式存在。

"杀不死我的让我更强大""感谢那些伤害我的人"云云,我也曾掉进过这样的坑里,颔首称是。现在想想,可能也是当时太年轻,以为必须靠斗争才能走向比较良好的那个人生方向。

年轻是一种伸展的状态,像一根刚削好的棍子,迫不及待地拿到世界上去敲打。那是一种积极的态度,和荷尔蒙一样。很容易变成我有梦、我想要、我要争取、我要对抗。很多人后来一辈子都会陷入这样紧张的状态中不能自拔。

很多人是需要假想敌才能活得很好的,这个人可能是前男友的前女友、公司里嚣张的同事、别人家的孩子……有的人可能是没想明白自己要什么,也看不到更宽广的生活,索性就参照身边人找一个样本来生活,需要通过比较,通过虚拟的对抗,来寻找到一个切实努力的方向。看不清的时候有借鉴是好的,可那毕竟是他人的生活,你又怎么可能超过原版?到最后根本没有谁赢谁输,而是对方茫然不知你曾经暗自追赶,曾被你当作敌人或标杆。

深陷一切职场苦恼都是不必要的。因为那是一份工作,而不是让你去交朋友或打架的。你除了赚钱之外,所有的注意力都应该放在如何提升专业能力和行业名声上。办公室政治不是不重要,但也确实不重要,除非你毫无离开能力,只能烂死在一家公司里。一个优秀的专业人士完全有能力在风暴来临前离开,或找好另一艘可以渡河的船。非要在茶杯里兴风作浪或为之苦恼,那就是把力气用错了地方。

并且,职场里,一份工作是这么分配的:专业或职能大概占比60%,其他40%就是沟通、协调、擦屁股。这是一份工作的常态。是含在里面的一部分,而不是额外的斗争。完全不必为此伤筋动骨,除非你真的是战斗型人格,带着胡搞瞎搞的心态来,就是为了让所有的人都不痛快。我现在很怕这种战士,因为一个人一旦带着斗争和敌对的心态,那么他就会把每一份抄送的邮件都视为一场battle(较量)。破坏性太强了,远远超过了建设性。

工作也就算了,毕竟只有8小时。而抱着敌对心态的人,从来不相信这个世界上有无缘无故的美好。他们总是认为一切都是自己争取来的,都是自己赢来的。所以你看那些情感专栏的题目,总是让你如何撩、如何搞定,却很少有人认真地教你如何去爱和付出。而现实中,我也见过很多战斗型女生,她们一定要争吵,一定要讲道理,一定要让对方跪下唱《征服》,好像不这样,自己就是一个情感中的弱者一样。

所以我现在的很多朋友,都是拖延症患者,都是消极而虚无的文艺青年,因为他们脸上写了"不打,我们不打架"这几个字。当然,也可能是因为我们都年纪大了,荷尔蒙也不再旺盛,所以心态平和起来了。但一旦尝到了平和的甜头,就真的没办法像个愣头青一样处处树立 role model(榜样)或"敌人",也不再需要借鉴或参考,而是真的明白日子只是自己过的,一切都是发自自己的内心。

所以最近的口头语都是"算了""何必呢"这种特别没有原则和主张的话。人生够长,终于明白不要计较一时一事,也不再觉得需要鞭策或激将。你知道永远鼓着劲儿做积极进攻状的最大坏处,是狭隘。因为能和你对抗的,都是你视野之内这一亩三分地的小事情。你如果看得更宽广一点,就知道很多事绕过去就好,不必正面"刚"上。

而且,一个对抗型人格,会反应在脸上,那是一种严肃的焦虑的表情。如果能软下心肠说句"算了",估计彼时的表情也会随之柔和吧。

# 别闹了，做人那么有趣干吗啊

先反个水：从前我一直觉得人有趣至大，一个好玩儿的人简直是至高嘉奖。可现在我宁可无聊着。

非要选的话，我宁可要好看的皮囊，也不要有趣的灵魂。道理很简单：灵魂有趣没趣自己就能说了算，但皮囊好不好看还是非得别人说了算。更何况你我哪有资格选，一般人只要与其中一项沾点边，就已经可以很愉快了。

有趣何止是加分项，它可以让一个平凡的人焕发出无穷的吸引力。很少有人觉得自己发自内心的无聊和不好玩儿，而且标榜有趣是一个在道德、智力、审美上都没什么硬伤的表达，也是一种绵延不断的追求。所以……有趣的人是越来越多了。

只是，有时把肉麻当有趣，有时把猥琐当有趣，有时把折损和消耗当有趣。

前面都好理解，所有用力过猛地追求幽默、风流、好玩儿、受到欢迎的人，经常会呈现一种尴尬局面——我经常看到有人放出尬聊截图,真是旁观的人都臊得慌——往往说话的人进入一种巨星状态,在表达自己的幽默、学识渊博、撩妹技巧高超,不知深浅进退地讲着不好笑的笑话,还以为对方必然会照单全收。最过分的是什么你知道吗?还有人拿着这种尴尬癌系列搞知识付费——所以现在谁要是拍胸脯说自己是个有趣的人,并且打算继续做个有趣的人,我都想一个白眼甩过去:你是不是"二"?

我总是默默地观察生活,经常有一些小细节让我能朝深里想。之所以又聊到这个话题,是因为我发现了有趣这件事背后的折损和消耗。它用一种貌似好玩的方式,让你进入一种习惯。而这种习惯会带你进入某种虚度的生活中。

至此,需要再度祭出王小波的那段话,每隔一段时间,它就会让我警醒一次:

"很不幸的是,任何一种负面的生活都能产生很多乱七八糟的细节,使它变得蛮有趣的;人就在这种有趣中沉沦下去,从根本上忘记了这种生活需要改进。"

就好像一段乱七八糟的恋情,再颓丧的结局之前,都有一些难以忘怀的小故事。再多的抱怨,遇见解决方案时,也难免脱口而出:其实他对我挺好的。人们怀念的都是那些意识流,一起看星辰的美好瞬间,哪怕曾在街头互殴,回忆里也是轰轰烈烈的。不知道你发现了没有,不靠谱的恋情里,总是带着传奇的色彩,大家都沉迷于精彩桥段,好像好好过日子就是大俗蛋一样,总是需要眼泪、误会、争吵、狂奔、远行、大力摇晃对方肩膀、促膝长谈、摊牌等能够爆出华彩的乐章。而一个整整齐齐的正常人,无法引发心动——转身还要告诉别人是"爱无能"呢。

做一个死宅快乐不快乐？道理是一样的。手机总是很好玩，吃鸡也很兴奋，"初音未来"比真的小姑娘好玩多了，你们买包的哪里懂得手办的昂贵和珍贵？我为什么要出门，外卖和快递很方便啊？我想起一个新闻说一姑娘宅家好久打游戏，警察破门而入，一拉她拉下满手死皮，但你能否认他们自己真的觉得自己的生活有趣吗？他们当然觉得有趣，假如跟现实再不冲突就更好了。

我还看过一条旧闻，说一个日本男人继承了遗产，一生中从未工作，一直在做一个快乐的死宅。当他说到"算计好了剩下的财产刚刚够用到死掉"的时候，我几乎唏嘘。如果一个人不再跟现实世界、其他的人发生关系，那么从长久来看，他是不存在的，也谈不上有趣无趣了。

另外一种自以为的有趣，不过是夹缠不清而已。就是一件事清清爽爽地搞明白，并且把它做好，在某些人的眼里是没意思的，非要擦出其他火花来，才够好玩儿。对男老板抛媚眼儿，跟女老板谈心，跟客户交朋友，跟同事一周五天聚餐……这都是把简单的关系复杂化，非要在职场层面寻找情感支持，觉得带着快乐和激情上班，能收获满满情谊才是会做人、会生活。

一个人是需要核心竞争力的，无论哪一点。我也确实认识一些好玩儿的人，他们章台走马、身过万花，谈到吃喝玩乐，无所不知，看起来也是很受欢迎的样子，大家会问他们去哪儿玩去哪儿吃，也会经常留言说"羡慕您的生活"。但稍微正经一点儿的事，都不会将他算在分内。各位看官不禁要说：他们还可以当KOL啊！生活方式KOL啊！但你知道吗？真要靠这个赚钱，一样需要辛苦、勤奋、自律，否则终究也不过是个活体主观大众点评。这样真的有趣吗？

我觉得这里有一些明显的事实：任何一个爱好、兴趣、情感寄托，一旦变成工作，它就应该是专业的、勤奋的、快速反应的。那些热爱是能支撑你苦苦咬牙忍耐的，而不是让你快乐着、玩着、站着，站得高高的就把钱赚了的。

前几天聚会，大家聊到另一个"有趣"的朋友，才发现大家对她都颇有微词，而结论则是：她太追求有趣了，几乎不能面对日常生活，一定要drama（浮夸的，戏剧的）着才能过。别人的八卦在她看来都是有趣的、让人警醒的，所以她几乎变成了一个八卦分发站；她自己也经常制造突如其来的惊喜（吓），比如在朋友圈呼救其实是为了营销；她其实人不错，但特别善于把简单关系复杂化，一件小事她会反复解释而且是跟甲方、乙方同时解释，在这个过程中她努力表现出自己是个风趣好玩的人，以至于最后大家都在跟她怒吼：一句话！一句话说清楚你到底要干吗！不要抖机灵！所以，如果站在外人冷酷的角度看的话，她确实好有趣啊！但，不可信任。

而更多的"有趣"是逢迎：你需要让人认可，你需要让人觉得你是好玩的、热情的、丰富的，你需要表演有意思，否则就会陷入不被欢迎的恐慌中。我也曾见过多少"有趣"的人在曲终人散时不小心流露出来的如释重负。如果你也曾感到过这样的恐慌，恐怕更要硬起心肠来，不加戏，讲实力。

一件衣服需要有一点点细节。我们甚至会为了藏在内里的一点点不一样的小细节买单。是的，一定会的，否则家里就不会有几十条看起来差不多的牛仔裤了。但假如都是细节，没有纲领，没有界限，那么这件衣服会很可怕：蕾丝、铆钉、亮片、流苏、刺绣都堆在一起的衣服是灾难。有趣也是。仅仅有趣，连段子手都做不了。

如果你不能甘于普普通通、平平淡淡的生活，那么你其实就很难真的有趣起来。

而世间大部分的哀婉和欢愉，都是不足为外人道的。所以，有时要先变成一个严谨而无趣的人，才能慢慢体会到一种油然而生的兴味。

人生在世，努力加餐饭之外，偶尔也需要努力加点戏，才能感觉自己活得鲜活。但渐渐明白，这都是生命中的花火，赞叹过，就消失。非要揪住这有趣的烟花，很难散场之后，不怅然若失。

## "这位女士／先生，请问你的核心竞争力是什么？"

我有几个中年创业的朋友，几轮风口下来，你问他们：你觉得最难的事儿是什么？

每个人都捶胸顿足说：招人啊！

然后就进入了"搞不懂如今的年轻人到底怎么了"的循环，意思就是说，过去员工辞职，好歹能说出具体原因，比如钱少事多离家远、企业文化三观碎、老板唠叨教做人啥的，如今就是茫然地说：我没想好，不知道是不是该干这个，先歇歇呗。

老板们捶胸顿足之余，难免急着下结论：这么脆弱／涣散／迷茫的年轻人，没有好结果啊，会被生活教育的啊。然而一两年后再看，虽然年轻人们并没有发财，但老板们也没发财啊！他们心中那些不靠谱的孩子，也都活得挺顺溜的，该买买该玩玩，并没有幡然悔悟那一幕出现。

管理者还希望招聘来的人是依靠这份工作养活自己的人，希望年轻人具有螺丝钉的品质，踏实、勤奋、任劳任怨。他们心中不靠谱的是过于活络、脑洞太大的，也是分不清主次、没有逻辑的，或者太情绪化、没有归属感的……但是这年头的年轻人都是异型件啊，并不稀罕被你拧在一台标准的机器上。

那么问题来了：为什么看起来"不靠谱"，也能活得不错？

是的，这就是"核心竞争力"了。虽然我们从小就笑话"高分低能"或"一招鲜吃遍天"这种老土的词汇，但事到如今依然好使：如果你有颗不容动摇的硬核，那基本上就算外表被敲得乱七八糟，他人也无可奈何啊。

只是有可能你还没明白你的硬核是什么，所以到处找人敲打，每个不靠谱的过程都是试错，这恐怕也是年轻的特权了。

一个性格孤僻、脾气很大的设计师，一个为人活络、知交满天下的公关，一个为人温善、看起来总是被欺负的技术支持，大家觉得他们会得罪人／没有真实力／永远赶不上升职。但其实呢，性格也是核心竞争力的一部分，你让他们互相换换看？被开除之前，先被气死或呕死了好吗？

有一次和医生们闲聊，张医生讲起了病房里的人生百态。他说有一个难忘的故事，就是一位不学好的、病入膏肓的女士，整个人都废掉，处于已然放弃的状态，但依然有痴情男子在她床前仔细照顾，看起来也是情深深几许。我们不禁问出了面试官的问题：那么这位女士的核心竞争力到底是什么？

他愣了一下，说：核心竞争力可能是"跩"。

也就是说，即使已经沦落到那么不堪的地步，她依然翻着白眼面对生活。他说那位女士根本不理他们医院里的任何医生和院长，只对那位照顾她的男子说话，面对关羽式治疗也面不改色。就总归有人吃这一套。

这是个有趣和微妙的问题：感情里，"核心竞争力"是什么东西？

好看？有品位？懂事儿？贤惠？灵魂契合？能撒泼？能生孩子？……

每隔一段时间，就能看到八卦号或鸡汤文煞有介事地分析，女人一定要怎样怎样，才能得到幸福。但那个"怎样"，是你的核心竞争力吗？是是是，长得好看、家世好，都算核心竞争力，但依然有抓一把好牌打烂的情况，所以核心竞争力说了算吗？

对我等普通人来说，如果没有天生的核心竞争力，只能提高综合实力，但……其实也没用，因为性情中天生的那些东西，很难改变。改变的过程是痛苦的，而且你会反问：我图什么？我就算做到改变了，那么还是真正的我吗？

没有天分非要在厨艺上争高低，性情活泼要强忍着只因为对方喜欢温柔的；他觉得带女的出门得有面子，你就使劲儿研究艺术和红酒；一个内向羞涩的姑娘为了帮男友操持事业，非要八面玲珑。跟你说，不会有人因为你的改变就感动并且更加深情的，因为如果他在乎那件事，一开始他就会找那样的人。

每一段感情能走到一起，就说明在某一段时间里，你们二位是绝配。尤其是旁人眼中"不般配"的夫妻，其中必有不可替代的核心竞争力和价值观。

弱点再弥补也赶不上浑然天成的优点。所以呢，你可以想想,你最值得骄傲的是什么,最擅长的又是什么。把它发扬光大,就是你的核心竞争力。它们的光芒足以掩盖各种不如意。

但我想最核心的是平等,所以"不怕翻脸"。如果任何一项优点、性格特质,都是为了讨好、依附、维持,那么它们就不是核心价值,而是为了溢价而多增加的功能。人生又不是一只木桶,干吗总惦记着补最短的那块板子,就为了多装水吗?

在平等、"不怕翻脸"的基础上,发扬光大的优点,才是你最硬核的那部分价值所在。你摸着良心问问自己:我的硬核在哪里?

说到这里,你是不是觉得职场和情场异曲同工?只要自己有扎实的不可替代的核心价值,谁爱搞心灵洗脑或厚黑学,就随便他们去吧。不上班或单身有关系吗?照样可以体现价值所在。而那些误判你的人,不是你的问题,是他们没有发现你最有价值的部分。

所以我经常说,做轻松的事,赚容易的钱,找到相处简单的人。是因为,那是你擅长的,是你能够驾驭的,是不会让你感到性格扭曲的,并且让你格外能体会到愉快的。和过去动辄鼓励人家非要突破自我,以苦为乐,强行上进不一样。因为擅长的才是有价值的。

所以,其他地方都可以软,心里还是要有一块东西硬硬的。你一旦找到了自己的价值,就根本不在乎他人说你靠不靠谱、值不值得爱。

# 被轻忽和暗算的中年人

如果你初入职场，希望遇见什么样的前辈？春风化雨、关怀亲切，同时又手段厉害、资源强大，但待你如亲长，扶你上马，送你上路？

如果你是个中年管理层，希望有什么样的新人？踏实靠谱又灵活机变？听话的还是有想法的？或者是"在他身上看到了我年轻时的样子"？

最近我的中年朋友们不约而同地感到了一丝丝心碎，来自他们真诚相待的一些职场年轻人。

QQ在一家咨询公司做到管理层，最近忽然不想打工了。因为客户总是来婉转地和她投诉下面的团队，她刚开始还以为是下面孩子业务不够熟练得罪了人家，还替团队道歉。最后是这个多年合作的客户忍不住了说：你知道不，那些孩子一边叫你姐，一边在我这边说你坏话，想甩开你单独签约。我当然很认可你了，但我觉得你有必要知道这件事。

她感觉有点蒙，跑来吐槽：我对这些年轻人真的很真诚啊，手把手地带他们，给他们介绍资源，没事还带着吃喝团建，真是一点都没藏私，没想到他们会这么坑我。这些孩子的良心呢？

后来她知道团队的年轻人不止一个越过她找大老板表示想独立带项目的时候，简直心都要碎了。她感慨说：这么大岁数谁还没宫斗过啊，但被自己真心照顾的后辈直接捅刀子的时候，还是很黯然。

CC 在一家影视公司做制作人，最近发现有点使唤不动年轻人了。有几个她力推过的孩子，过去都是"CC 姐"地叫着，一个眼神就知道她需要什么，特别积极主动地跟着她处理公司内外的事情。直到后来年轻人直接拒绝了她安排的工作，表示干不来"擦屁股"的活儿，然后转去其他团队，她才惊觉哪儿出了问题。

她后来自嘲说：可能是跟了我一段时间发现我用处不大吧。我既不能提供强大资源，也不能让他们瞬间爆红，还得干脏活累活儿，良禽择木而栖嘛，不能说年轻人都这么势利。

DD 在大型外企做行政主管，在同事的眼里一向是个热情亲和的大姐。但这两年轻人不太买她的账，私下里说她"我妈都没这么絮叨、烦人"。

SS 呢，在 4A 公司，有时也能听到年轻人有意无意说的"我们 90 后都是先做了再说，等你想好了，热点都过去啦"这种话。

总而言之，她们经常感受到更年轻一代的气势，满不在乎地说："都什么年代了。"

很委屈，但抱怨的方式都是"不应该对人太好"，也会絮叨现在的孩子真的又酷又狠，能干却势利。可你以为一切都是善良和真诚惹的祸吗？我觉得也真不一定。

CC后来说：我们实实在在地对小朋友，他们根本不领情。倒是那些中年男CEO，喜欢用鸡汤洗脑的，孩子们都可死心塌地了。我亲眼见到设计公司几个孩子每天工作11个小时，工资快不够交房租了，还在无限崇拜呢！

我的另一位创业公司直男CEO朋友说：这你就不懂了吧。画大饼才是最低成本的管理方式呀。要像知识付费一样缓解年轻人的焦虑、像时尚博主一样让他们看到老板的品位、像创业导师一样强行规划他们的人生线程、像恶婆婆一样打击他们的自信、像情感专家一样关心他们的灵魂波动。一个稳定的公司，不是管理层觉得"他们都像我年轻时的样子"，而是年轻人觉得"我再忍忍就可以像他一样牛气"，而且年轻人会真心觉得跟着老板学到了好多。

你看世道就是这样，好孩子被掌握势、道、术的大忽悠欺负，好老板被残酷青春不买账的小孩子欺负。总有一方是感到委屈的。

落到这种境地就要想想why me（为什么是我），我一直觉得代际差异是不能弥补的，每一代年轻人都有自己的活法，你也不能说他们都是特别狼性的一代。而中年人还会不时感到被背叛、被轻视，说明：第一，你心不够大，尚不能一笑置之；第二，心肠何时软何时硬的分寸你没掌握好，人际关系的边界并没有很清楚，才会一时不慎就感觉被暗算。

年轻是这样的呀，整个人生就像拉开了降落伞包，"砰"的一下就张开了，想收回去的时候可得费一番功夫了。他们情感充沛、野心勃勃，愿意努力也很容易幻灭，总相信奇迹发生。同时也够胆搏和输得起。哪有什么真正靠谱的年轻人？聪明指的是很快就能根据境遇修正自己，大家谁不是那么跌跌撞撞、满腿乌青地走过来的呢？

中年也一样，进入人工智能阶段了，做事都要多想几分，是因为体能精力下降了，不能依靠试错法来活着了，需要计算一下用最优方案解决。有时看起来就老奸巨猾、铁石心肠。打情感牌的需要知道背后有精密理智支撑，灌鸡汤的不应该暗戳戳地把人类当成韭菜，鼓吹年轻人该吃苦的心里也得明白薪水得对得起人家吃的苦。

代际差异不是说我们每一代人听不同的歌、玩不同的游戏、读不一样的书造成的认知差异，它甚至是来自不同年龄段的荷尔蒙水平和体能差异而导致了当下的生活应该选择哪一个最优项。

在不同的年龄段里，我们每个人承受的轻忽和幻灭都是一样的。

中年人的硬心肠应该是有清晰边界感的。

第一，你要硬起心肠克制住自己"教年轻人做人"的想法。就算你多么有道理，但道理这事儿难道不是自己经历和体会的吗？何况有些道理在不同年代未必适用，动不动就代入教做人，只会被年轻人在背后窃笑。

第二，不做热情烂好人。不是说不能帮助后辈，也不是说不能伸出哆啦A梦的小圆手,而是你要知道职场中最应该谨记的只有责任和义务的划分,还有人情利益的交换。看《教父》的时候就知道,即使是西西里好邻居,也需要对方提出明确请求,才施以帮助。提出请求的人会用不同的利益、人情来进行结算。你要知道,你过于热情,主动自动代入义母角色,在不领情的人眼里很讨厌,在鸡贼的人眼里太有机可乘。

第三,硬起心肠克服"中年焦虑"。我看到很多热情的中年人,都以"年轻人都爱跟我玩"或"我和年轻人打成一片"感到自豪。但真的,大家荷尔蒙分泌水平、趣味、眼界和心境都不一样呀,当你感到了中年焦虑的时候,想用这种方式证明"扶我起来,我还能干",在年轻人的眼里是不值得尊重的。年轻的动物本能就是可以分辨已经自成体系的中年人,并且愿意加入你的体系。但如果是你主动想去接近他们,他们就会认为你不成体系,只能来更年轻的圈层混,来搏一个长辈的发言权。

而中年人,要成为一个受尊重的体面人,最应该软下心肠的,并且终生如此软下心肠的是——

不利用年轻人的热血、梦想、天真,去欺骗他们,压榨他们,驱使他们。

即使受到伤害,也始终没忘记人间基本善意。宁加工资,不喂鸡汤。这样就很酷了。

# 人们不再相信复杂而丰富的人了

有几个有钱朋友,经常在网络上分享自己的旅行,包括头等舱、奢华酒店和他们的购物斩获。

这可能是别人的日常,但对普通人来说,看看也没啥坏处。就像远处的路灯,你可以朝着那个方向去,或者选另一条路走,但远远望着灯火闪烁也还行。

但我经常看见这样的留言:婉转一点的,说"实名羡慕!告诉我怎样才能过上你这样的生活";特别直接的,就问"请问你到底哪来的钱",随之而来的是一些对生活背景的猜测。

以前这些朋友们会很介意这种问题,并且表示管得着嘛!如今,好像也有标准答案了:不好意思,家里有矿。这个答案一出,大家就"行吧踏实了不乱猜了,命好那没辙"。前几天我一个朋友也遇见了这种事,在美国过海关的时候官员同样发出了千古一问——你钱哪儿来的?看你职业好像支付不起这么频繁的豪华旅行啊!他指指身后的亲妈:这位女士有钱。就秒过了。

按道理，有钱的年轻人是不屑于向不相干的人解释这些的，不过最近发现，大家更倾向于对很多事给出一个清晰合理的解释，来避免无端的揣测，更主要的是也想跟另一些人划清界限。

就连富二代有时也困惑：我认识一人，也不上班，家里也没矿，看朋友圈儿也是满世界飞机游艇的，也不知道钱哪儿来的——哦，后来知道了，P2P爆了他被抓了。另一个姑娘认识了一个金融新贵，具体操作啥的也说不清，反正送礼物都是送现金的，还要指定汇丰银行账号。当然，分手的时候这钱是要要回去的，然后她好像恍惚明白了什么——"虽然我依然不知道他是干啥的，但我好像被他拿来洗钱了"。

前两年，好像八面逢源的人特别吃得开。身份背景是不清楚的，认识各行业的精英大佬，也出现在顶级晚宴上，会有一个含糊的职业背景，听着像私募公关和慈善的合体，经常听有人问：谁谁到底干吗的呀？！被问到的人愣了一会儿，斩钉截铁地说：名媛吧！

是的，背景模糊，社会关系复杂，生活丰富多彩，大抵可以概括这些人。在那段时间，他们被视为成功或活得精彩的象征。看朋友圈就知道他们如何神龙见首不见尾，也是很多年轻人想成为的人。看下来就觉得上班太没意思了，真想变成这种神气活现的生活态呀！

可是慢慢地，连赞都懒得点了，无论是多么壮美的风景或者跟多大来头的人合影。因为你发现，他们好像和你，还有其他人，并没有真实的联结存在。有时问了一圈才发现，并没有人知道这个人到底是干啥的。他们所做的一切看起来就是享受生活（然而也不是生活方式博主）。他们从来不提及工作，却转发各行业最新消息，并且描述得自己有所参与一样，他们的朋友和他们一样，看上去都是不上班的，可每次活动合影又总能跟大佬站在一起……但总的说来，如果大家都不知道这个人是干啥的，那么他对大家就毫无意义。因为没法产生更深的联结和沟通，所以也无法体现价值。当然也有可能是我等生活层次相差太远，但那不重要，就好像中土大唐也并不在乎车迟国发生了什么一样。

这时如果对方斩钉截铁地说"我家里有矿"或"我老公敲钟了"，大家反而会安心了，觉得那就玩儿吧！有啥好吃好住好买的我来问你哦！

其实这是个核心价值的问题。一个人是否能对外界清晰地传达自己所拥有的能力和价值，是当下社会注意力更关注的一个点。

就像一个会计、一个明星、一个作家，甚至是一个保险交易员。提起社会职业身份的时候，人们都会很清楚地知道这个人最重要的收入来源是什么。同时，也是判断一个人的社会价值所在。至于家里有矿、拆迁有房、股市有钱这种，因为不需要跟人进行社会交换和链接，所以除了在他本人生活质量方面有提升之外，对他人并无太大意义。如果仅仅拥有这些，那就属于社会闲杂——这个词是不是很刺激？（何况大多数人并没有）

有时认识一些新人，礼貌地寒暄你是做哪个行业的，对方语焉不详地说管理一只私募、做私人客户的、艺术品经纪云云，我就不再追问了。那……属于我的知识盲区，对方也并不打算让你了解清楚，你很快就明白你们注定是不会有交集的平行线。偶尔遇见一些话术还不是很纯熟的新人，会支支吾吾表达"总之我是有来头的""我人脉特别广""我品位非常高"这样的自我定位，那你就会飞快明白你们也不会有交集，毕竟你没有什么可以和他交换，也没有能力去购买他的品位或资源，他们不是为了你这样的人存在的。

然而你问问马云，他是喜欢一个踏实的P8（职级）或者店主，还是更赞赏有品位有人脉的斜杠名媛哪？大家认识一个人，喜欢一个人，注定是因为他所具有的可链接可交换的社会身份和核心价值，其他的，都是皮毛。有毛儿当然好看，但皮之不存的话那也就算了。

这一年以来，人们慢慢接受了一个设定，那就是：传奇和奇迹，不应该是生活的常态，就好像GDP永远高企也不应该是常态。饭要一口口吃，日子要一天天地过——这话倒也不是催眠鸡汤，而是说那还能怎样啊，既然发财困难，那也不能去死啊！反而倒是从平凡生活中尝一点生活的糖的难得契机。

既然纸醉金迷的传奇显得遥不可及，那么从云端落地，人的社会性就尤为重要。社会性在于互动，在于价值交换。请一定注意"交换"两个字，哪怕你仅仅拥有好的品位，也要通过交换产生价值，而不是快来膜拜我这种单一心态。这么说起来虽然有些现实，但人不就是这样嘛！不仅仅是在感情里，即使在职场、在社会，也是今儿你提一个要求，我来满足你，明儿我提一个要求，他来满足我，从而慢慢产生信任，继之产生感情嘛。

这个时候，背景越单纯、专业核心价值越突出的人，就会越受到欢迎。因为大家有信任、有确定性。而那些八面玲珑、神神秘秘的斜杠名媛们，大家送她一副米奇的白手套，也就算了。

所以呢，我们应该硬起心肠坚守自己的核心价值，以及硬起心肠放弃不必要的幻想，关于都市传奇故事，关于说不清楚的享受人生。你最后会发现，那些是不存在的，每个人也都是用命运暗中标好的价格去交换的。

做一个简单的人，做一个一看就知道钱打哪儿来的人。在未来的日子里，会容易很多。

# 你今天被吸了吗？

如果说可以用"人设崩塌"来形容明星的每况愈下，那么普通人的话，我们有一个对应的词语叫"人格破产"。

倒也未必是这人干了什么十恶不赦的坏事，只是可能在某一个瞬间他彻底失去了你的信任，而且往往是在微末的细节中发现的。

有一天大家闲聊，提及了这样一个人。席间有个朋友说：真不明白，以前好好的一个人，怎么走到这个地步？另一位朋友说：其实很简单，他的能量 hold（掌控）不住全方位的体面了。从大的方面讲，以前能量充沛的时候都讲站着赚钱，现在自身状况不行了，跪着也行吧，再多加点儿钱趴着都行。从小里说，如果应付客户都累死了，闲下来就只想昏睡，谁还顾得上跟朋友体贴周到地社交，看见疑似抱怨的短信过来了还不赶紧装死？

有时会觉得人其实是一个能量体，以肉身为匣承载。要不然不好解释，一个人就静静地站在那里，你都能感受到他的气场、气质和气势。那些抽象的东西让每个人变得不同，同样的动作有人做就是西施，有人就是东施效颦。而有些人一看就自带光环，甚至连锦鲤体质都能轻易被识别。

那么我们是不是可以说，能量就是精气神儿的总和？

鉴于大家都进入了从 50% 电量直接掉到 5% 不需要过渡的岁数，如何节省自己的精气神儿，想必都有一番心得了。就像我以前说过的：事情已经在这时候开始分优先级了，并且可以毫不犹豫地进行人生断舍离，开启低电量模式，来保障自己还能全方位体面地运行。

宇宙间的能量有逸散有交换，人和人之间也是。所谓感染力、被鼓舞、被暖到、被打击、给跪了，都是精神层面的能量加持或攻击。当然也有相互滋养的，正向的人际关系就是好能量的互相交换。

精气神儿最怕两件事：一是被自己无谓地内耗，二是被人吸了。

第一件事很好理解，毕竟我们都有抠着墙不停问为什么的青春期，也曾扯着花瓣絮叨他爱我他不爱我，或者此刻依然在内心呐喊他到底怎么想的啊，都是在内心演独角戏，就已经耗尽了全身力气。

第二件事就相当复杂了……

可能在不知不觉中，你的精气神儿，你的热情和活力，都被别人吸走了。无谓的浪费和消磨，毫无意义的等待或妥协，诸如此类，吸你能量的人是贪得无厌的，有人需要靠他人的能量来显得自己活得更好，或者你没那么好就对了。这甚至是种无意识，因为对方可能是饕餮,想要好好地活着就需要吞食更多人的能量。

说起来玄奇,其实很简单。最显著的那种你一定懂,比如"远离负能量黑洞""不要和爱抱怨的人交朋友"。本来今天你心里风平浪静、岁月静好,突然就有人来给你脸色看,来叽叽歪歪那些讨厌的事儿,而且他们并不会认真听你的建议,只是"我有垃圾,你有桶吗"地来倾泻一下。最后他神清气爽地走了,你还要费力气自己打扫精神角落。这个时候,你可能会突然意识到,你被吸了。

还有一种很明显的,就是常见的中年大叔和小姑娘的恋爱。那些男人的内心潜台词都是"she makes me feel young(她让我重回年轻)",新款幻彩蛤蟆镜也戴上了,脏脏包也吃下去了,马拉松也跑起来了,就还挺野狐禅的,感觉吸了年轻人的能量。为什么不说是姑娘们吸了他们?因为绝大多数时间里,他们中的绝大部分人是不会只有无尽宠爱的,还要教姑娘们做人,给她们立规矩,一会儿嫌人家裙子太短不正派,一会儿嫌人家闺蜜太浪会教坏,最好你乖,奖励你生小孩。

明明一个活泼可爱的人,慢慢变得枯燥起来。所谓被吸,可能就是丧失活力和自信的过程吧。

成年以后,基本上我们不再会有"孙子你干吗去"那种互损的发小儿关系了。是因为成熟的关系基本上都是锦上添花,就算不能互相鼓励,也尽量避免互相打击。但总有不见外的人,好像做损友就格外真诚一样,喜欢用嘲讽挖苦表达感情。这其实也是一种吸人的方式,真心总是隐藏在玩笑话里,被说多了你可能也会怀疑自己是不是确实不行。让你折损自信，却让他找到优越感，这不是吸是什么呢？

可能还有一种示弱的方式，有些人很擅长使用，装不懂事，装生活不能自理，他们有时想表现天才总有白痴的一面，殊不知白痴也是一直有白痴的样子，只是被他们示弱的人还没有看破而已。非要付出精力甚至人际关系之后，发现自己被玩儿了，对方只不过用这种方式哄着你来占点便宜而已。那么你以后就要警惕了，那些很弱却又有理想的、目标远大又很迷茫的，又很轻率地来跟你哭诉的，多半也是想来你这儿吸点什么。

甚至在闺蜜或哥们儿中，也有靠吸取他人能量来维系关系的。你注意观察很多闺蜜之间，有一个人会扮演万能的姐姐，另一个则负责撒娇，好像男女关系之前的预演版本。万能姐姐经常没有意识到为什么总是我在出钱出力，直到撒娇妹妹有了男友之后才明白原来我是一备胎啊（还是内胎）。总之，无论什么关系，如果只是单方面付出，那被吸是跑不了的。

爱情中被吸就更常见了，但这是两人之间的事，外人无法发表评价。不仅仅是单方面付出与否，还要看是否只有义务没有权利，是不是只对你提要求却对自己无约束，不对等的关系，注定是无法互相滋养的。在这里我没有特意谈论爱情，我们在普通人际关系中所做的一切，在爱情里应该加倍做到才对。

我以前有一些吃吃喝喝的朋友，现在也不常来往了。因为每次聚会回家我都觉得很累，会很沮丧地在沙发上想：我为什么？我图什么？不开心我为什么要出去呢？有专门在朋友面前吵架很暴烈的夫妻，有习惯性迟到一小时以上的朋友，有席间不停打电话、刷微信根本没法跟你交流的友人，而另一些人特别爱跟服务员、专车司机理论，和他出门每次都胆战心惊……我有时在想，他们回到家里会不会也觉得无趣和累？或者是消耗了所有人的能量觉得终于扯平了？

更隐蔽的吸人方式是那些看起来无条件对你好的。让我们以前面的万能姐姐为例，这件事就看是谁来主导关系。如果是撒娇妹妹主导，那么姐姐就是被吸的那个；但如果是万能姐姐主导着"我就是要对你好"，那么有可能妹妹才是被吸的那个。就好像一个你看不上的追求者，用尽一切手段来暖你，他越是努力，你越觉得尴尬和轻微恶心。这样的人吸附于你，无非是想做到"和你一样"。可世界上所有的感情都应该被互相照见，单方面的付出或索取，都隐藏着吸人能量的黑洞。

说到这里你大抵明白了，能吸取你能量的人际关系，多数来自一些不切实际的要求，你明明是想要温暖、深厚、轻盈、快乐、互相滋养的关系，有时却产生了怀疑。对，能让你产生怀疑就是被吸取能量的最显著表现。然后你会觉得累，觉得困惑，觉得失去了自信，能让你产生这些感觉的，都是不能彼此照见的打压和索取。

所以，硬起心肠观照一下吧。在以后的生活里，守护自己的内心是一件相当重要的事。因为外部条件的动荡，内心坚固因此变成了序列第一。而什么是黑洞？黑洞可以吸收一切，却从来不曾回报一分。

## 糟糕,我被表情管理了!

几年前我有一阵子沉迷于自拍。是因为每次被别人拍下来之后,看着都跟刚偷完西瓜似的,带着手足无措的仓皇劲儿。

所以后来我觉得大家不要笑话人家爱自拍!那是阶段性的对自己进行再认识的过程。这也是我第一次意识到有"表情管理"这回事儿。

拍个上千张照片,你就知道自己哪个角度好看,摆什么姿势显瘦,笑到哪个位置比较得体,眼睛在眯着和瞪着之外还有什么状态,以及怎样保持任何时候被拍看着都比较得体和镇定。你还别说,自我训练完了之后起码不像偷西瓜的了。

但也不能太做作,管理过头就像管理精英了。那种雄心勃勃双手抱胸的职场照,或者指点江山的书房照,看起来分分钟像要卖给你知识付费课程。(好笑的是,你现在搜一下"表情管理"这个词,发现确实大部分是卖你课程的,哈哈哈哈哈)

那么你能"表情管理"别人吗?

这是一个全新的用法，第一次看见的时候我感到了震惊。我概括一下，就是通过自己的表情来调动别人的心情，非常即时而动态，达成一种"我高兴了大家也高兴"的皆大欢喜局面。

好笑的是，"表情管理"这个词，把人际关系中一些潜意识给明显化了，有意识地、明明白白地告诉你我要如何相处，带着玩笑化和戏剧性的特点。但总体来说，就是非常明确地表达希望大家在一起的时候都要开心——你不开心的时候我让着你，我不开心的时候你得哄我。

有很多人善于用情绪去影响他人的心情，有一种奉献型叫"讨好人格"，就是对谁都挺好的，特别在乎别人的感受，也很顺从对方的意见。有时自己不是那么愿意或不是那么开心，为了安定局面也忍了。还有一种索取型叫"感情敲诈"，动不动就甩脸色、冷战、絮叨、抱怨，让对方心里产生压力，多一事不如少一事地屈从了自己。

很明显，这两种方式都没有用上"管理"，细说下去又得从原生家庭开始分析性格。表情管理的过程是全程愉悦，目的是皆大欢喜，而上面这两种的过程中总有一方受委屈，而目的也是"战胜"另一方。

我第一次明显体会到被"表情管理"了的时候，我惊呆了。

是这样的，我有个女朋友，我以前就很喜欢她，觉得她懂事聪明可爱。但我俩也没有特别朝夕相处过，所以说不出来到底怎么个可爱法，直到我们进行了一次次的长途旅行。

不是说旅行最能检验一个人的性格嘛，也特别考验两个人的关系。然而我全程被管理得顺顺当当的——我从来没有想到自己是一个被人用脑袋蹭蹭肩膀就可以放弃烧肉而去吃鳗鱼饭的人，和一个傻直男似的居然也吃撒娇这套；我也没有想到过一个娇滴滴的姑娘也能跟直男一样没心没肺地在艰苦的旅行中甘之如饴，并且还有余力照顾别人。后来有真直男朋友加入我们的旅行，可能他的感受更深吧，他彻底被表情管理了。

用直男的话来总结，就是为什么我们会喜欢某一种人，就是她会在大多数时间让人感到愉悦，并且非常擅长带动整体情绪。这是一种天然的本领，后天想学习技巧非常艰难。但人是可以进化的呀，你必须先意识到问题在哪儿，再追溯成长的轨迹，总能找到一个突破点。

擅长表情管理的姑娘有非常明显的特质：既依赖，又独立；既真心，又会做戏；情商高但主要是智商高，还得心眼好；撒娇和撒泼也能无缝切换。她们对现场气氛和情绪的控制就好像26℃的空调，既不会让你过热，也不会让你觉得冷。总之，是用一种非常放松柔软的方式在处理生活中的小细节。比如说，这个姑娘在便利店想买个桃子吃，但她又喜欢吃硬的桃子，她就会要求直男：你能过去轻轻戳一下那个桃子到底是软是硬吗？如果她发现直男疲惫或心情不好，她也会主动过去安抚对方：要不要我去戳一下桃子是软的还是硬的？

以前我们有一个词形容一种人，叫"小型事儿妈"。别误会，不是骂人，是表达亲昵的称呼，你会发现有一种人要求多多，原则多多，但又都很好满足。满足之后他们就会很开心，并且愿意在另一些细节上对你进行让步,最后就构建出一种良性循环的人际交往方式。表情管理王者也是,比如那个姑娘在大家都很正常的时候会撒撒娇抱怨疲累,让男人拎拎包、跑跑腿,可一旦发现大家都疲累了,她就会振奋精神主动帮别人拿东西、买水、蹭肩膀宽慰他人……我以前说过,人际交往中其实大家经常有意无意试探底线,用来验证"你到底爱我到哪一步",但表情管理王者不是的,他们常年在底线附近徘徊,却从不越线,并且清楚地告诉你"我知道你爱我,我也会同样爱你",反之亦然。

可能我们中年人一把年纪糟污事情看多了,就特别喜欢简单明朗的关系,被表情管理的时候不知道有多开心。当然也要有同样的心态去迎接它,那就是既舍得付出,也能欣然接受。

我的另一个直男朋友前几天跟我说:你们这一代女性都看过《简·爱》吧,我觉得你们把简·爱那个轴劲儿都学会了——随便啥小事儿,动不动就上升到个人尊严层面,对方不是不爱你,是挑战了你的自尊,这比不爱你可能更严重。动不动就想来一段"虽然我那啥也那啥,但你也那啥啊,咱们谁比谁都不差多少好伐"……那你说还怎么沟通,怎么磨合?不要把琐事上升到意识形态嘛!

我觉得表情管理王者就是这样放弃了意识形态的,因为天生不拧巴,所以早早知道什么是自己要的,而中间哪些细节是不重要的;因为足够自尊自爱,所以也不会把那些"该谁干,谁来干"的事情上升到自尊高度,时刻感觉受损;更主要的是懂得培育爱的氛围和循环环境,所以更懂得用柔软迂回的方式去化解问题：注意！是化解，不是战斗，不是解决。其实生活中的琐事十之八九是不值得着重关注并且分出胜负的。

我经常写一些劝大家硬起心肠朝前走的建议，偶尔也会写几篇让大家柔软心肠与身段的和解文章。而软下心肠的一个至关重要的节点在于：不要为自己的人生设立很多对立面或假想敌。大部分事情就好像戳一个桃子，其实戳不戳无所谓，软的硬的也无所谓，懂得爱自己，就不介意自尊不自尊；懂得爱别人，也不会在乎自我是否受损。而糟糕的表情管理方式，就是硬着心肠冷着面孔，坐等他人跪求，坐等他人后悔，从每一件小事中察觉"他不爱我"，然后继续冷战。

说起来，我心中的真表情管理王者，那就是猫。如果你说你想学习表情管理，那么每一只猫都可以成为你的榜样。

无论你爱不爱它，反正它都看不起你。无论它性情多么古怪，你都能明确地知道它爱你。你困苦的时候它来亲脸、蹭腿、打滚儿，一切苦仿佛都消失了。你热烈地腻歪的时候，它又会冷冷地给你一巴掌或咬你一口。当你千万声呼唤，它就是不回头的时候，你还要高兴地赞一声：我猫真棒！真酷！有个性！

# 明月觉得外人香

"我本将心向明月，奈何明月觉得外人香。"

我快被一个朋友气死。她生活中总是遇见各种状况，会向我和其他朋友求助解惑。但每次的结局都是——无论朋友们如何真心苦心地开导劝解，她都有各种理由反驳。最后一个不知道哪儿冒出来的莫名其妙的人给出了个馊主意，她反而完全听进去了并且照着做了！

甚至，她还会埋怨你完全不体谅她的苦衷，或者怀疑你有其他居心。

这样的人其实不少，谁都有片刻心凉的时候。

那就是：在一段还算密切的关系里，你以为某人虽然有些缺点或弱点，但总体来说人还是不错的。你以为你们算是"自己人"了，其实人家根本没那么想，反而觉得和你交往很累，宁可听刚认识的人瞎出主意。更甚的是，转过身去他会抱怨你，有各种神奇的理由。

我一个医生朋友和他妈妈发生了冲突，就是长辈完全不遵医嘱，无论他怎么用科学依据和专业知识劝说，对方依然执着地吃癞蛤蟆皮之类的偏方，还每天给他转发各种伪科学养生文章，"坚持一个小习惯，一生能省100万"这种。他简直要泣血呼喊："你怎么就是不肯相信我呢？我会害你吗？必须坚持吃药哇！"然而他妈冷冷地看他一眼说：行了，你那套忽悠别人还行，我有我自己的节奏。

在过去的求职季里，有一对夫妻朋友和孩子争论剧烈。小朋友拿了两个 offer（录用通知），一个是跨国公司的基本岗位，一个是创业公司的特别助理。这对夫妻也算成功人士，当然有自己的经验和业内关系。他们觉得年轻人的起点应该是在大公司积累一些系统、流程、协作的经验，也明确知道那家创业公司老板是个大忽悠，特别不靠谱。但小朋友在"没有意志的螺丝钉"和"年轻的裂变力"当中毅然选择了后者，反过来还要抱怨父母低估自己、不信任自己，只想让自己过安稳的生活，简直是浪费青春。她爹也是泣血呼喊："我是你亲爹我会害你吗？"但也依然没拦住她去当特别助理的脚步。

很多公司里也有这样的小白。面对照顾他的同事，他会趁机撒娇抱怨哭诉偷懒；面对欺负他的同事呢，他表现得服服帖帖。让前者目瞪口呆，继而感慨不已："既然对他好一点还不如欺负他，那么谁还会对他好呢？"

我自己也经历过这种"伤害"。亲人之间有时没办法，朋友或恋人之间如果发生这种"外人香"的情况，就只能静静地看着彼此渐行渐远了。

我常说，朋友之间的交往，首先重要的是：知好歹，懂进退。

我们有时有完全不同的趣味，也有不同的处世方式，甚至三观都不一定那么合拍，但最底层的感性直觉，总能判断出一个人对自己是善意还是其他，也会同样以善意或其他回报。在善意或趋利的底层基础上，那些不合拍都可以变成互补。彼此之间，自然也懂分寸进退。

可在现实中，慢慢会发现"不知好歹"的人还挺多的。有的人你知道他是缺乏阅历，确实还分不清好坏；有的人自带"白眼狼体质"，对他好他也觉得是应该的，并不会同样对你；有的是装傻；还有的一言难尽。但这也没什么大不了的，也不是所有的好歹都必须知，只要不反噬你就还是好人。

没什么真傻的人，你以为阅历不足或分辨能力不够，不过也是人性弱点。毕竟谁都爱听好话，愿意选容易走的路，喜欢马上看到成果。

年轻小朋友容易被人忽悠，大抵中了这些招数。世间良药都苦口，哪有成功无须努力，老太太们也知道保健品不治病，但还是贪图嘘寒问暖，刷抖音当然比背单词快乐。不是真的不知好歹，只是想现在沉沦一会儿。

这种情况下你真诚的建议真的很讨嫌，他们会觉得你多事、古板、好为人师，宁可听一些鸡汤导师讲"女人过好一生要懂的道理"，也不相信人间正道是沧桑。

另一种"外人香"更有趣一点，往往我们所能感受到的伤害都来自这样的"自己人"。

你身边有没有这样的朋友，明明是"自己人"，是很密切的关系，但他对你特别随意、特别不在乎？他明明对别人很有礼数，但和你相处就肆无忌惮。"咱们熟咱们不玩虚的"，这话听着挺窝心的，其实可能是把八竿子打不着的外人都照顾好了，却唯独忽视了你。"只有在朋友面前才能卸下面具"，这话听着也没啥错，但实际效应是，他敢跟你乱发脾气，却对怼了他的陌生人客客气气。

时间久了，你难免会想：这样的自己人，就不要了吧？

颇有"近之则不逊，远之则怨"的意味，就是俗话说的"杀熟"。若你以为他们大大咧咧其实又错了，因为他们能敏感地感觉到你的疏远，并且真实地怨起来。因为你从一个可以随便对待的人变成了需要他打起精神应付的人。

在感情生活里，这种"外人香"可微妙了。有人问我，我表示得这么明显了，他还一直跟我装傻怎么办？他真的不知道谁是真爱他、真在意他吗？我说怎么可能不知道呢，他可明白了，但就是装出不知好歹的样子，既不肯接受，又想享受一点红利，还能体会被追求的暗爽，还要嫌弃你……依我说，这么肆意消费善意的人，就算了吧。

你说我就不，我要坚持一下。

然后你就会发现对方可能会充分放飞自我，每日试探你的底线，你越是依着他，越是想对他好，他就越跃跃欲试。"被偏爱的都有恃无恐"听起来浪漫，现实中可真的想抽他啊。最贱的是，最后他还要嫌弃你死缠烂打，没有个性，总之，不是最爱是勉为其难。这样才能白眼狼到心安理得。

后来我发现，大家对"自己人"和"外人"的理解不一样。我们心中的自己人，是亲人、密友，价值观统一，能同进同退，也愿意额外地付出爱和钱财。外人嘛，就是"你高兴就好"的普通人际交往，他对你不会造成什么困扰。但在"外人香"的眼里，自己人是办过健身卡和美容卡的会员，反正已经付过钱了，沉在我的资金池里了，他也不会退钱，就不用特别在乎了。而外人呢，就是需要格外关注的、不能得罪的、可以发展的。

你想想一段关系要是办卡前办卡后，那有时还挺伤感的。

谁都有那种错付心意与热情的时候，如果你也曾感到受伤，倒不用先急着骂对方是白眼狼。

而应该是先检讨自己：我以为的"好"，对他人有指导意义吗？为了朋友好，是不是就要好为人师地教对方做人，也不管对方需要不需要？我的热情和善意是不是不太有边界感？我是不是确实干涉了人家的生活？

没有绝对的"好"或"不好"，世间万物一饮一啄自有命数。你再是个热情的人，如果你的朋友没有明确主动地寻求帮助，那么就不要积极地插手。否则这种"好"也很讨嫌。如果不能确定是真的"自己人"，对方又没有处在可预见的危险和麻烦中，也不要做真性情直言不讳者。否则就会变成把你的人生经验强加在旁人身上，别人当然遭不住。

对人宽厚友善是好品性，这应该是一种本能而不是经过谋略的。也就是说，你愿意按你的态度去对待他人，但不要指望回报，也不要指望人家也用"你的态度"来对你，这样就不会心理不平衡，自然也没那么失落了。有边界感又有看破世情的阅历的话，基本不会遇见"明月照沟渠"的事情。

只是有时会唏嘘：看着挺聪明的一个人，为什么就是分不清好歹，非要自己跳坑呢？

这不过是人性弱点。没有人真的拎不清，道理我都懂但就是烦你。你越正确就越烦人。人生一直正确，也很烦人。你哪怕什么都不说，但你若是个样本，就已经很烦人了。

倒是那些莫名其妙的"外人"，人人都有特别显著的破绽，又恰好都在"人生的悠长的不靠谱假期"这个阶段，大家一起跳坑，吃点苦、上个当也挺治愈的。

大家就都硬起心肠不要强行社交了。所谓知好歹，也是个互相体谅的过程。

但还是会唏嘘：不管怎么说，我始终抱有善意温存，他却喜欢不真诚的，甚至是欺负他的那些人。

再次回到自我价值感过低这件事上，我最近发现，人生中很多痛苦都来自心中隐约觉得的"我不配"。哪怕已经现世安稳，但仍有心魔在。那个心路历程是这样的：一旦你和我是一伙儿的，变成了自己人，那么你就和我一样了。因此我对你的评价也不会太高，更不会把你说的话当回事儿。能压制住我、能欺负到我的人，才是更厉害的人。

但他们忘了，所谓"杀熟"，大部分时间是因为熟人、自己人给了他更多宽容的机会。

所以说,"硬心肠"系列文章真的是在讲人生之大断舍离。你明白那么多道理,你了解他人苦衷,但有时也会觉得,还是和真正的有情有趣、知好歹、懂进退的人在一起吧。

# 生活冗余的阻断法则

无论多有趣的垃圾桶,它还是垃圾桶,对吧?

现在有一种垃圾桶是智能感应的,你刚刚走到它前面,它就已经自己掀开了盖子,你把垃圾扔进去,它一顿猛如虎操作,立刻开始塑封打包,保证给你收拾得好好的。

而"垃圾桶"在我们的语境中有另外一个含义,就是不加区分地接收信息,尤其是他人的冗余情绪,都被你消化吸收,别人倾诉完之后高高兴兴地走掉了,而你沉重地想着那些爱恨情仇,一时间感到世事艰难、人心莫测。

"在吗?""你最近好吗?""我好烦啊!"……这样的寒暄语,翻译过来就是:"我有故事,你有桶吗?"眼看就要开始倾倒了。

虽然已经有很多心理学或情感类文章都跟大家说了,不要做别人的垃圾桶。但如果它是个好看的智能感应垃圾桶呢?还会主动吞服呢!

比如,明星的八卦反转再反转,身边朋友的朋友的极品故事，闺蜜的男朋友到底有多差劲……听起来跌破眼镜的狗血，妙趣横生的人类样本故事，我们有时候倒是听得津津有味，恨不得蹲一个后续和番外。

我有一个朋友暗恋一个导演，对方是非常拧巴执拗的文艺青年，极其不善于（或者不想）表露情绪，两个人暧昧期间聊天都跟中戏老师布置作业一样，你能相信调情是靠新浪潮电影名录进行下去的吗？

朋友一腔幽思，对方并不正面接招，她那无处安放的感情就溢出到了朋友身上。每当夜晚来临，她就开始给朋友们转述今日过招进展，截图求问"他这句话什么意思"，生活中任意一个细节都能触动她，引申到对方身上，却对着一众闺蜜抒发那忐忑而雀跃的暗恋之美。

老实说，这到不了垃圾桶级别。但我呢，虽然没看过这位导演的任何一部作品，却已经知道他住在哪个小区，家里的狗叫什么名字，平时都看什么书，非常喜欢别人赞美和崇拜他，并且其实挺小心眼爱生气的。

我突然之间想：为什么我要了解一个我完全不认识的人？

我闺蜜有时会给我讲她工作中的烦心事，比如公司里有一个极品，干了无数让人大跌眼镜的事情，从偷同事的便当到偷PPT，如何陷害另一位同事，又如何在老板办公室哭闹打滚儿。最近好像又瞄准了她，天天深夜打谈心电话求纾解，搞得我闺蜜也神经紧张起来。

如果这是论坛上的帖子，估计大家都要津津有味地追番，但我也突然之间想：我要对一个活在他人口中的人如此有兴趣吗？这个人是我完全不认识、不了解的，我却知道她生活和工作中的那么多细节，这对我有什么意义呢？

我的闺蜜也并非诉苦型的垃圾桶，也不是想让朋友们给个解决方案，就是惊诧于职场无底线的极品，拿出来与君共飨。但听完这些八卦的朋友们，总要给个反应不是，除了表示感叹，就是更多抖机灵的表达，每个群里都是"给我一个哏，还你一个脱口秀现场"。

以前我们聊八卦的时候，总喜欢说"以人为镜""以卦为镜"，可以照见人性和生物多样性，后来见多了，太阳底下并无新事，无非是名利场酒色财气加情感欲壑，所以也就没那么热衷了。还有一个想法不知道对不对：好的故事在真实生活中总显得虚假，非要跌宕起伏，人们才会更多关注。时间久了之后，就觉得处处底线皆被击穿，心想：为什么我都这么努力了，还是逃不开这些低级庸扰？

你有没有想过，一个跟你八竿子打不着的人都可能影响你？比如我朋友认识了一个姑娘之后，就变得神神道道的。以前大家都是高高兴兴聚会，或一起出游。而现在他可能吃着饭突然站起来就跑，因为对方在电话里跟他吵架，并且命令他限时出现；明明商量好了出游的日子，他突然要鸽，也是因为对方歇斯底里地喊着"你不带我就是瞧不起我"……

后来的结果是我们其他朋友一起出去玩了，根本就没叫这哥们儿。因为一个完全不认识、不熟悉、不了解的人会左右这一群人的行程，并且让我们有一种小圈子抱团排外的轻微负疚感。问题是我们什么都没做啊！你想想这哥们儿要是执意跟我们出去玩，那我们得拉多少仇恨啊，没必要没必要，只能把这哥们儿也割了。

类似的故事很多，每个人的聊天记录里都有几个连载故事。每当我们讲到极品的时候，就会有人续上"我朋友的朋友""我同事的邻居""我前男友的表妹"的故事。大家在感叹惊讶之余，觉得对人类的认识又增加了！然后就没有然后了，自己的资料库里又多了一堆八竿子打不着的故事占用着内存，却也……并没有什么借鉴之处。

这就是智能感应垃圾桶的特点所在。我们很害怕那种倾诉型的情感黑洞，却对装饰过的八卦故事过于有兴趣。来讲故事的人并不是要一个解决方案，却也是实实在在被困扰着的，分享确实也是一种转嫁，要不要全盘接收就是另一回事儿了。

我们的生活中确实是有这么多冗余存在的。我有一天意识到，我知道的这些事对我毫无帮助、毫无意义。那些遥远的陌生人，我并不认识，目前看起来也不会有什么交集。但我知道他们每个人喜欢什么、想要什么、为了达到目的又做了什么、人生又是如何走到这阶段性的无解的。

我想说的是，这甚至并没有任何借鉴性。虽然知道了那么多"与我无关"的故事有时会给人提醒。但这些都是糟糕的故事。你能想到的是"做人可千万别这样""我可不能走到这一步"，这些话往往带着悲天悯人却向下看齐的意味。

好故事、坏故事都没意思，就好比看见别人撒狗粮说"我又相信爱情了"、看别人分手也会说"我再也不相信爱情了"一样。至于你到底相不相信，其实都需要亲自去体会。

而这些"与我无关"的故事中，好的故事会在某个程度激励你，但它通常是不会被长久挂念的，而坏故事总有后续，还有反转，有短暂的神志清醒，也有义无反顾的再次探底，它一直在消耗你的精力。

它对生活的无意义在于，亲历者并不想改变，讲述者也只是带着猎奇，或轻微抱怨一点点困扰，也并不想解决什么；倾听者也不能了解那些人的真实处境或想法。有一句话是：你想知道一个人为什么那么做，你要穿上他的鞋子才明白——问题是，生命有限，热情有限，我也没有很想穿别人的鞋子啊。

所以，我将这样的烦恼、狗血小故事、与自己无关的他人的人生，都称为"人生冗余"。它除了占用你的内存，消耗一下你的感情和精力，并没有太大益处。甚至一些负面情绪因为有着很多妙趣横生的小细节，可以让人沉沦下去。（王小波说的）所以要建立一个"阻断机制"，不时地进行自动清空。

很简单的做法是，去关注更向上、更有价值的信息。对于朋友们的苦恼，不要试图给出解决方案。我们都是"局外人"，也没有阅历很出众，更不想沾染一身"爹味儿"，所以就不要轻易去说"我觉得这事儿应该这样"，并且非常没有必要——人家也是痛快痛快嘴，谁让你当真啦。

所以硬起心肠做个阻断吧。你厌烦或没有兴趣的谈话，不要回应，或转移话题；和你无关的人的故事，要学会漠视；建立一个社交隔离带——也就是允许人际关系递增到几层，朋友的朋友的同事这种关系就不要进行更多关注了；有时只需要倾听，那只留给和我们关系亲密的人，然后还要学会不过心过脑，并且忍住不提解决方案。如果对方需要你的意见，只给出一次，并且不追问实行过程。

我好像一直在讲人生的断舍离，然有形之物好断，无形之情难断。甚至有些东西，是你没有意识到的，在貌似有趣的背后，藏着的是不断地消耗，就好像在后台悄悄运行的程序一样，占用着你的生活热情和动力。

都不要说什么年纪大了的话，就算你仍然年轻、热情澎湃，也要意识到，人生是有限的，你能影响到的人、和你有深切联系的人、你能投入关注的事情，就那么多。你也会说，过好自己的日子，那就意味着要更多内视，先解决自己。

所以有人提出了"有限操心"法则，我的理解是，自己能解决的事情自己解决，暂时不能解决的，有些交给时间，有些交给上帝和命运。总之，选一个答案，其他的交出去。

# 如何无微不至地搞砸一段关系？

据说有才华的人身上具备一种"生活无法自理"的能力。

我有个迷糊朋友就是这样：每次出门都会丢一两样东西，我们还目睹过她打完电话把手机扔地上就走的场面；赶不上飞机和买错了机票也经常发生，而且肯定不认路啦。我们一起出门的时候，大家都很关照她，因为走着走着她要么东西丢了，要么人丢了。

你要是以为人家生活过得一塌糊涂那就错了。姐们儿小日子过得可好了，就算迷迷糊糊，也还经常一个人出差，每次也能卡着死线完美地把工作做完，日常情趣一点也没落下。她说：就算我糊涂点儿，就算我慢点儿，但我有自己的节奏啊，我就自己慢慢地吭哧吭哧地干活、出差、做项目、旅游……你看我啥也没耽误啊。

我反思了一下：啊呀，对朋友也不留神使用了"刻板印象"啊。我确实不应该认为他人是需要"照顾"或"格外留心"的，这在某种程度上也是一种"妈味儿"。

之所以说起这个话题,是因为春节期间密集的人际交往中,从旁观者的角度见证了"妈味儿"的泛滥。

有一个堪称童年噩梦的场景再次出现了。小朋友在做寒假作业,妈妈在身后玩手机,每隔几分钟轻轻地呼唤一下:"宝宝,你要坐直""宝宝,你拿笔的姿势又不对了""宝宝,先做数学吧,这样可以穿插一下换换脑子"……

看到这一幕我血都上涌了,一下想起了被支配和监督的恐惧。因为宝宝还小,还没学会逆反,但脸上依然写满了闹心。

所以你回想一下,是不是特别喜欢一个人关起门来做事儿?是不是不想在人前多说话?是不是就想在没人干扰的情况下直接完成一个项目?因为我们都经历过,如果当众做事,一定有人来纠正你,无论什么关系,无论什么动机。

设计师和美编一定更能理解这段话。谁还没经历过甲方站在身后一个像素一个像素地改稿呢。

成年人也是一样的。和朋友旅行的过程中,看见女方像照顾孩子一样:"来,先擦一下手""你把衣服带上,一会儿冷""你先喝汤"……去朋友家里吃饭,女方也一直在叮咛:"少放点油""蒜不能切,得拍""你换个盘子,这个不好看"……

倒是没从对方脸上看出太多表情,估计也是被絮叨麻木了。是啊,如果在一段长期关系中,经常被这种无微不至的关照包围着,又不能总是激烈对抗,就会变成一个被动者。反正少说少做就少错,这样的关系是以"向内坍塌"的形式坏掉的。因为另一方会感受到不被回应的挫败,甚至很委屈,明明我都是为了你好，你还不领情。

我在和朋友的交往过程中明白了这一点，恰恰因为是朋友，关系没有亲子和伴侣那么近，反而容易反思瞎操心、瞎提醒是不必要的。一旦进入亲密关系，很多人往往就控制不住了，并且非常有使命感地说：我不操心行吗？你看看这个后果！

但其实真没什么后果，每个人在没有谁之前，都过得好好的。没有谁之后，也不会说死就死。只是自己强化了"他没我不行，他就是容易把事情搞砸"这种观点。

有一个词叫"微型管理"，说好听点叫"细节控"，不仅仅要求结果正义，还始终要求程序正义。从你动手的那一刻，对方就开始事无巨细地为你操心，生怕哪个步骤你做不好。

这样的老板和甲方你经常遇见吧？结果往往是讽刺的。我们知道的是：一个客户提出的要求越多，给出的细节越多，在每个流程中都密切关注，往往这个项目做出来就差劲得很。感觉是意志的扭曲和反扭曲的博弈。

如果这件事发生在我们长辈的身上，他们往往会很伤心和委屈：我都是为了你好，我就是一点都不想让你受伤害，我想让你更好、更舒服点，难道也有错吗？

得，无法回答，无法反抗。下次就背着人悄摸地把事儿都干完了。但妈永远赢——如果你用同样的方式去管理她，她就会说：爱吃吃，不吃滚，不要教老娘做事。

有人跟我说：我就是忍不住啊，我那么喜欢她/他，当然想对她/他好一点，让她/他变得更好啊。

我跟你说，这就是潜在的微型管理者、微型控制狂。

无论再亲密的人，和自己相比，那都是他者，都是外人。你很难知道一个他者此刻想吃的到底是香蕉还是橙子，却毅然跟他说胡萝卜最营养。我觉得就算是最亲密的关系，也要遵从人际交往的基本原则：当对方没有开口请求的时候，不要主动臆想他需要什么协助。

令人不快的微型管理包含了以下几层含义：

一、我的出发点是为了你好，你看我对你多好。

二、你是不能缺少我的，如果没有我在，你会把很多事情都搞砸。

三、你的智商、经验、阅历是不值得相信的。

四、你必须和我保持一致，才是爱我的体现。

五、反正就是我对你施加影响，如果能产生影响，就能产生控制。

每个人都有自己的偏爱、节奏、趣味，就像我们明知熬夜不好，也依然忍不住要在入睡前刷会儿手机一样。有的人喜欢写好计划再开始工作，有人就喜欢先撒一地碎片再慢慢穿起来。丢手机的人丢几个就会小心翼翼，不多穿衣服的人感冒了之后自然会在以后做好准备。

一个无微不至的监督员，会摧毁对方的一切积极性。要么顺从地被你摆布，不想节外生枝，要么就阳奉阴违，你说得都对，没有任何想要改变的念头。也有奋起反抗的，就像我另一个朋友说的那样：他做饭再好吃，我宁可吃盒饭也不想听他絮叨了。

就像我们说的那样，自恋和自卑往往是成对出现的，控制狂和讨好型人格往往也如此。有人因此被嫌弃了之后，感到委屈，其实他们正是因为想讨好对方，才插手对方衣食住行的一切细节，用"我对你好""都是为你好"的方式去干扰对方，直到对方丧失了活力。

所以，这篇文章讲的是如何硬起心肠不去干涉他者的世界。你的存在不是为了让对方按你的方式"变好"的。这样的操心，你是想要时时刻刻证明自己存在的重要性。所谓的放不下，也就是放不下进行裁判的权力。

最后你会发现，大撒把还挺好的。我们和任何人在一起，如果都是为了共织一段锦绣，天天补洞，那你是在绣麻袋吗？

# 从今天起，做一个知之甚少的人

前一阵和几位不同行业、不同年龄的老友吃饭，后来在座的一位形容当时的场景：你和年轻人狂飙"黑话"，我在旁边使劲问这是啥，另外的人听不懂也不打算懂，聊着自己的"黑话"，感觉五个人同时在聊六个话题……哎呀！结果没来得及讲正事儿！

前几天我刚刚结束了江南踏春。出门简直太美好了，头也不晕了，身上也有力气了，人也不困了。但只要一回家，立刻心慌气短、头晕目眩、亚健康。不只我一个人这样，大家都一样。我们郑重地总结了一下：因为在路上，尤其是自己开车的时候，真没空刷手机。日常刷手机就会令人眩晕。

将这两件事并列来说，是我最近的一个心得：知道太多（无用的知识）会影响身体和赚钱。

当手机已经成为幻肢，当碎片化已经成为思维方式，每个人都又累又焦虑。

累是精神上和肉体上的：信息流的不断刷新，海量过载的信息（不是知识），都会让人头晕、恶心、疲惫。如果你有任何说不出来的不舒服，首先排查的应该是信息过载。扔了手机能好点，就是问题所在。至于精神……大脑皮层永远处于活跃状态能不累吗？往往早上醒来赖床那会儿，刷完早新闻，已经耗光大部分电量了。

至于焦虑，呵呵。有什么爆炸性新闻我居然没跟上，今天谁又上热搜了，大佬又出了躺赢的付费课程我得赶紧买，现在又流行什么黑话了我居然不知道，本行业上层建筑又动荡啦……现代都市的"生怕错过恐惧症"简直当场发作。

之所以说旅行治愈生活，就是因为抽离了现实的规律和密集啊：在我开车翻山越岭的时候，我不追文了，也不刷淘宝更新了，也不看热门新闻下面的评论了，也没空在微信里跟朋友瞎扯淡了……事实上呢，没有这些对我毫无影响，甚至让我更加神清气爽。

我们会嘲笑一个人不时髦、很土气吗？现实生活中不会的。首先，那是不得体的言行。其次，一个人是否值得尊重并不体现在他的穿着打扮上。

那我们会嘲笑一个人不知道网络热点吗？其实也不会。人与人之间的交往，有时看性情是否相投，有时看为人是否值得信赖，有时看合作是否有效、愉快，哪怕是无缘无故的喜欢呢，有一个闪光点值得一起走下去，就不会在意更多（无用的）知识盲区。你老板不知道 awsl（啊我死了），你会失望吗？你给男友解释 PUA，他是不是一脸蒙？你跟你妈说"伤害不大侮辱性极强",她会不会说"那我索性再加大点力度"?

有些无用的乐趣,就是锦上添花,这个时候不明白,稍微一解释都明白了,犯不上搭上精力去钻研。那真没用。

以前人家夸我是"百度不插电",我可高兴了,作为知识体系尚算健全的人,我们在磕磕绊绊的成长过程中积累了很多经验。那还不是被逼出来的,君不见装修过一次的人往往变成装修专家,养育过孩子的人往往变成育儿专家,特别能喷的最后都去做付费阅读大V了,再加上以往的刻板印象——懂得多总不会是一件坏事,所以我们都以消息最灵通、内幕知悉最多、知识面过于广泛、生活小常识渊博为自豪呢。

现在想想,我知道那么多干啥啊?绝大部分没用的信息充塞了大脑,人会散黄儿的。

以前我们的知识体系像一个文件柜,拉开不同的抽屉,里面放着不同的知识和经验。如今我们的知识体系像烟花:发散很大,转瞬即逝,不留痕迹。只有空气中传来的刺鼻味道证明:看过。然后,你就猛烈地咳嗽了起来。

继续说以前,我觉得懂得多是好事啊,懂吃懂喝懂生活,全世界的事都知道一些,各行业的秘密也了解一些,人间故事也看得够多,这人该多有趣啊。谁不想跟懂得多的人一起玩耍呢?

对咯。核心就在这里:玩耍。谁都可以跟你玩耍,瞎扯淡,但大家会选择同其他人去做事,因为散漫的知识点和乐趣,是无法支撑任何深厚的关系的。

更何况人到了一定年纪之后,更多的乐趣往往来自创造和成就感，对消遣类的乐趣已经渐渐漠然了。就算你很有趣，也不是人人都有兴趣和精力来你这儿找乐子的呀。

你知道雷军又造车了，热搜上的CP换了新人，他们分别拿了谁家代言，某个明星又热恋了……知道这么多对我们的生活到底又有多大益处呢？

你想想，如果你遇见了一些大大小小的难题，你会去咨询谁？一定是最专业的那个。你会去问医生、问律师、问该领域中占据专业位置多年的那个人，很少去问百度、问知乎、问身边貌似什么都知道的那个人吧。

我们进入了一个专业越来越细分的世界，以前信息不对称的年代，一个什么都知道的人是受欢迎的。

而现在，打开"油管"或B站，你在这世界上遇见的所有问题几乎都有专业人士帮你解答：小到买一支口红、叠几件衣服，大到完成一门大学专业课程、学会一样乐器或操纵一台机器。有些博主靠着你看不上的技能赚到了很多钱，那么你呢？你用以谋生的技能是什么？如果朝更纵深处去，是否可以给你带来足够的钱，去购买更专业的服务？

互联网的益处之一就是，如果你真的打算学习，可以免费习得很多技能，一旦入门之后，朝更纵深的专业领域行进就更方便快捷，通道也更容易找寻。但我们往往就是刷点没用的信息，再加个"收藏就等于学了""mark（标记）了就等于做了"，把自己搞得筋疲力尽，还带来了一种"我知道很多，我什么都没有错过"的虚假满足感。

我知道很多人不能容忍自己变成一个"闭塞的、不能跟上时代脉搏的人",那隐约的"被淘汰恐慌"一直驱使着我们东看西看,耗费太多精力在与自己无关的事情上。所以我们应该硬起心肠,将自己的信息领域清扫干净,只放进来一些与自己有关,并且能形成体系的信息。

我看到一段话是这样写的:"人们在日常生活中总是频繁地被一句话或者一个具体事件扰动,移动互联网的信息设计机制更加推动了这个趋向,因此绝大多数人更加难以发现5年或者10年以上的趋势,因为这需要人们经年累月的学习,需要人们掌握有结构的深度知识,而非碎片资讯。这也是为什么往往10年之后,大家一起回头再看的时候,发现只有一部分人能够按照自己的意愿,改变自己的命运。"

所以,从今天起,硬起心肠,让我们一起做一个知之甚少的人吧。

因为我们知道的,都是一些无关生活痛痒的资讯碎片。那不是知识,也不会给我们的命运带来任何的帮助。

就算知道前面有坑,依然会跳进去的人还是那么多;就算懂了那么多道理,也过不好这一生;就算能够回到从前,可能还是会做出同样的选择。这往往说明……人的命运不仅仅是人的认知,而是需要在寂寞中、在自己清扫出来的一片场域中,埋头探出来另一条路。

它看起来是闭塞的,是孤绝的,却可能带你去往更广袤的地方。

至于那些段子八卦流言，那些只有年轻人知道的梗，只有老年人把握的资源，其实当你拥有自己的知识体系和专业技能之后，只要你接触，哪有什么弄不明白的。你看现在的老同志在真赚钱的时候，玩梗也利落着呢。

# 所有人都开始不耐烦

你有没有发现,最近大家都放飞了,开始"活出了真我"?

虚情假意变少了,婉转低回稀缺了,所有人都开始不耐烦,不想兜圈子,也不怕面斥,每个人都像一个奔跑到极限的外卖员,人还在楼下就提前点了"已经送达"。有时候听着朋友絮叨最近的不如意,也情不自禁喃喃自语:我真想在你的脑袋右上角点叉啊。

茨威格说,环境一发疯,最大的问题就是人失去了温暖健康的想象力和创造力。我看啊,还失去了耐性,毕竟小型的旋涡时时出现,你不确定明天能不能上班,后天能不能出城,下月的活动还能不能办……人一旦无法进行中长期规划,就会只想活好当下,那么忍耐就变得毫无意义。

不耐烦是一种干脆利落的品质,也是衡量过性价比以后的选择。就好像人只会得罪自己得罪得起的人,耐心也是在值得忍耐付出和细水长流式的收获中逐渐巩固的。一旦经济下行,形势摇摆，不确定性往往占了上风，这种胶着和纠缠会让人发疯，所以烦躁也是一种自我保护，意思就是：停！还能不能行，不行就让我们翻篇儿，下一段儿！

所以你看到那些工作中所谓高情商、专业性、节奏感正在慢慢退散，因为你如何细致耐心地去操作，也抵不住甲方没有预算；然后你看到日常生活中那些松弛的生活方式、反复琢磨的心思、来日方长的期许，也都变成了"不行就算了"。

这样的情绪是在反复的失望和踏空中培养出来的一种克制。很多事我们可能都已经知道答案了——那就是经历来来回回反反复复，最后只得到一声"对不起，下回吧"。

一些细小的挫败感累积在这样的时间中，而你又是天生想在悬崖中寻蜜的人，当然不想再接受任何拖沓和拒绝，只想让这一刻好过一些。可能就会在一个开始感到不耐烦的瞬间粗暴地切断和外界的联系。

如果你发现自己越来越没有耐心了，大概会有以下几个特点——

简化一切流程：不想在烦琐的寒暄和手续中耗费精力，省略了很多铺垫，直抵问题的核心。也就是有事儿说事儿，没事儿回家。真要操作起来也效率奇高，主要是为了抢夺时间窗口，谁知道下一刻局势又会变成什么样呢？

不想说服别人，也不再想求得认同：岁月静好的时候，大家像打一盘很慢的乒乓球，将观点抛起你来我往，总有时间慢慢说服。比如劝你的老板关注一个新的项目，劝一个勤奋的朋友放下手头的事情出来玩耍,如今就是:"做不做?""来不来?"不做拉倒,不来拉倒。

至于自己的事儿,谁也别劝我,我就想这么干。我之所以这么干是因为这是避免发疯的唯一方式。躺和卷的辩论赛在我这儿不成立,毕竟我也不知道下一刻我会怎么样。

开始讨厌一切不确定的事儿:什么欲拒还迎、若即若离,什么出门有可能弹窗也可能不弹,什么深夜的无主情话,还有客户的"考虑一下",每当预感到这种信号的出现,立刻想从自己这端切断联系了。

我有一个朋友,从前是公认的好脾气,现在也会对着电话抓狂。抓狂片段一:你和他分手不要再给我打电话了!你们甜甜蜜蜜的时候也没带着我玩儿,为什么一失恋一痛苦就要来找我倒垃圾?抓狂片段二:不要谈合作了,也不要谈跨界了!咱俩都没预算呀!两个没钱的人合作一下也合作不出钱呀!

所以最近大家火气都很大,不光在网上互怼,在生活中也时不时地想进行物理切断。我倒觉得这是一种自我保护。整个世界已经开始变得混沌、胶着了,我们自己就不要再长久地凝视茶杯中的风波了。世界上最平静的地方已经只是面前的这一张茶几和上面的一杯茶,我不想看见它们也晃来晃去。

说这件事的意义是,当你知道所有人都开始不耐烦之后,就不要为此有负疚感,也不用反思是不是自己的素质太差了。

反而会有一些窃喜和神清气爽:原来不用维护客户关系也可以把事情做得干净利落;原来不用辗转反侧,直抒胸臆也可以赢得爱和尊重；原来不用变成社交名媛也会拥有很妙的友谊；原来拉黑几个人对自己的生活毫无影响；原来失去了耐性，也会让工作和生活的效率都变高。

但我希望这只是短暂的应激，因为越来越多的不耐烦，终究会将我们送往火山口。有一种快乐叫作自污式，就好像你不忍见一张白纸溅上墨点，索性自己直接手动涂黑全部。在不快乐的底色上画出来的花朵，总归不够明澈。

不耐烦只是点火就着的第一步。当你粗暴地切断了某一种联系的时候，如果你神清气爽、如释重负，那么它也许是对的；但如果你依然感到怒气冲冲，或剪不断理还乱的黏稠烦闷感，那就意味着事情没有得到根本的解决。当然了，目前这个形势，又有什么事情能得到根本的解决呢？这就表示我们的烦躁可能还要持续下去。

我总是说，有时我们的不安和焦虑是因为没有明白在自己身上到底发生了什么，一旦你意识到所有的烦愁都有来源，那么就已经解决了一半，另一半可能要靠我们自己，也可能就要看看天意了，看大运最终带我们走去哪里。

我们要正视自己的心理变化，不要动不动觉得自己素质很低。不耐烦可能是一种保护机制，这几年当我们用尽全力想让自己的生活保持正常，就很难再分出心力和热情在一些有的没的的事情上了。

这也是关于人生优先选项的抉择过程：做最紧要的事，在乎最该在乎的人，其他就随缘吧。很明显，当风暴来临的时候只有树干可以强撑不倒，那些枝枝杈杈有时甚至要主动砍掉。

这个时刻，最好的耐性应该留给自己：首先，保证自己像原来一样正常地生活，保持某种规律和节奏，这种努力的维系往往就已经用去了一大半力气；然后，正好可以在纷乱中停顿一下，体会活在当下的快乐，带着某种果断，带着不纠缠的心，这是我们保持随时为自己供应养分的办法之一，让自己不至于过早地凋谢；最后，哪怕未来不确定，也依然要思考一下我们想走的路——不要去想哪一条路更好走，哪一条路上还有风口，而是硬起心肠，像不考虑未来那样，选择自己喜欢的事儿。

比如我最近一直在画画，虽然画得很烂，但我可以在这段时间中得到奇异的平静，认真涂色的时候可以感受到心流的治愈。当然你说让我想想未来还能怎么发展那就是扯淡了，可是我寻思着，万一以后我的书可以自己画插画呢？这也是支撑着我度过当下的理由之一了。

但没关系，烦躁就烦躁吧。人年纪越大，越明白一件事儿，那就是：所谓平静、所谓岁月静好、所谓高情商、所谓成功，都是需要体力和精力的。当你绷不住了，就会露出破绽。当你知道自己露出破绽了，就知道该原地休养疗伤了。

硬起心肠不露破绽是一种修行，硬起心肠原地躺下修修补补，也是一种修行。总之我们撑过去就好。

# 当代女子沟通技巧

人活一世,难免遇见几个蠢且不自知的讨厌鬼。我经常看到有些女子贴出一段聊天对话框,并且求助:请问我应该怎么怼回去?

问题多种多样,大部分是面目全非的前男友、油腻猥琐的异性熟人、讨厌的亲戚、失散多年想来占便宜的同学,他们说出的话让人看一眼就能腻歪好几天,算盘打得在北京市朝阳区的我都听见了响声,简直想扑上去赛博撕嘴。

我还真看到不少热心女子出谋划策,大部分是炫技式的尖酸刻薄,也有掷地有声的破口大骂,把我看得着急啊!简直想祭出《三体》大招:"不要回答!不要回答!不要回答!"

有的人之所以那么讨厌,就是因为他们并不自知,彼此的逻辑是完全不同的。你要承认人和人之间有时就是完全不能互相理解,你的有心回击,比不过人家浑然天成的即兴算计,需要用天堑来隔开彼此,永不相闻。

面对这种情况我一向装死,相信我,沉默是高贵的。首先,你要知道，讨厌鬼最大的成就，就是你搭理他了！无论他是暗戳戳地伤害你，还是猥琐地想要继续算计你，甚至是反社会人格一般就是来给你添堵的，只要你给予任何回应，他就"赢"了。

他感受不到你的讽刺，也感受不到你的愤怒，他只能感受到"这个人以某种方式依然和我产生了联系"，于是特别开心。而且，这玩意就跟诈骗电话一样，只要你不是第一时间挂断，一直聊下去总有机会，也总有一款适合你。

其次，我虽然知道当代女子，在某一个年龄段，是很愿意证明自己有能力，也有魄力的——好像每个人都要经历一下"从此以后休想欺负我"的阶段，认为默不作声会让对方更嚣张，也会让对方误以为自己怂了，可是你真的在乎讨厌鬼怎么看你吗？

我有时看到大家说的那些小刻薄话也会笑出声，这就是问题所在——再精彩的回答也是旁观者眼中的笑料，而你既然能说得那么精彩，必然脑子里想得更精彩，琢磨那些刻薄恶毒没礼数的回答，会让人的思维定式也朝着那个方向滑去。姐妹，得不偿失啊。

这就是我们当代女子线上沟通技巧的第一条：沉默是最大的鄙视和报复。你应该让周遭都是对的人、相投的气场，不要缠斗，不要建立自己和讨厌鬼、鸡贼男、变态的沟通通道。一定要硬起心肠切断联系，不给对方来回反馈的机会。这样你的身心干净了，自然也不用去琢磨那些琐碎的因果、有趣的恶毒、奸猾的表达。

千万要忍住，当你一言不发的时候，才是对方最受打击的时刻。毕竟宁可装死也再不愿意和他说一个字了，这世界上亲手抹去他的人又多了一个。

我发现在社交中，装死是个非常好用的办法。当我听到一些不爱听的话，面对一些非分的要求，我的对话框就变成了一片空白。如果对方知趣，自然不会再继续下去，大家也保住了一些脸面；如果对方真的还要继续缠斗，你就会庆幸装死多么明智，宁愿继续装下去，或者直接把他删除，圆满结束一段人际关系。

我总觉得人际关系都是正向反馈的，你和对的人在一起，就是越来越对；你越是犹犹豫豫跟一些智识和心志都不行的人纠缠，就会被拉低到他们的层次。口舌之快是最没有必要的。

我发现有的女子不敢直接说出自己的感受。很多人被冒犯了之后，会说"没事没事"，要么是觉得得罪人不好，要么是从小到大从来没有直接表达感受的经历。可到底意难平，事后会把这件事长长久久地压在心里，嘀嘀咕咕。

更有很多人分不清直接表达感受的界限，她们一开口就变成了指责他人。比如，一个女子对伴侣说"刚刚你这样的行为让我感觉不舒服"，这是表达自己的感受；但她如果说"你跟你妈一样就是从来只顾自己不顾别人"，这就属于用攻击的方式来表达受伤，往往会导致更多的冲突。

所以当代女子沟通技巧的第二点，就是要敢于平静客观地表达自己当下的感受。无论是让你不舒服的伴侣，还是没有分寸感的同事，或者是大大咧咧的闺蜜，你都可以就事论事地说：你这样让我觉得不舒服、不开心。

接下来才是如何解决这件事的讨论。相信我,一个在意你的人,一定会在意你的感受,而我们要的并不是道歉和安慰,而是下一次如何避免同样的问题出现。比如,知道你不喜被催婚,你们达成的共识就是以后不要再试图给你介绍男友;知道你不喜被隐瞒,下回给婆婆钱的时候要秉着夫妻共同财产知情权的原则提前告知你一声。

如果对方明显不在乎这一切,那么你可以采用对等的方式进行回应。他催婚你可以催生啊,他偷偷给婆婆钱你也"偷偷"给妈妈钱呀。如果连公平原则都做不到,那岂不是连普通人的关系都没法保持?就可以进入沉默装死阶段了。

当代女子沟通技巧的第三点,就是一直要保持言语中的"正气感"。

我觉得很多人就是因为内心戏太多,加上自我不够强大,会怀疑自己的判断。但其实语言和文字里的善意和恶意,是很好分辨的。你不用反复自省是不是自己小心眼或太敏感。让你感到不舒服的话,可能本身就是为了让你不舒服的。

很多女子就是在这一项上消磨了太多的时间,反复推敲、琢磨。你要知道,一个玩笑之所以好笑,是因为双方都觉得好笑。可太多的幽暗情绪往往假借开玩笑的方式进行,比如说羡慕你福气好嫁对了人"变成了贵妇"的朋友、觉得"女的就是容易升职"的失意男同事、不小心说出"你老公更爱前女友"的男方狗朋友……你隐约感受到了其中的恶意,翻脸吧,别人说你开不起玩笑。这时候怎么办?

也要正气凛然，先是直接说出感受——"你让我不舒服"，然后让对方解释这个"玩笑"中的笑点，请他重复一遍，加以阐释到底哪里好笑，是否"我的尴尬和翻脸"才是令人开心的。当你追问几遍之后，其怪自败。要知道，我们往往并不担心直接攻击，微妙的是围观群众的反应，你要在这样的沟通过程中建立较真、端正、不放过的态度，以后其他人想怎样，就要思量一下了。

其实之前我也写过，当女子遭遇到并不好笑、并不公平的指责之时，千万不要急于解释和洗白。因为你会很被动，并且因为产生了互动，你要面临无穷无尽的解释，自己先站在了弱者的位置。

当代女子沟通技巧第四点，就是不解释，化被动为主动攻击。

最简单的例子，当你遭遇性骚扰，有人质疑你为什么要半夜出门，衣服领口为什么那么低的时候，你千万别解释说因为我加班啊，而且我这个领子很正常……而是要质问对方：你为什么跟罪犯共情？你为什么觉得这是小事？你那么关心我的行踪和穿着，是因为你也在策划行动吗？

当你和男友分手，也不要解释"我真不是拜金""是他对不起我"，甚至连"不再相爱"这种话都不必说——这不明摆着吗？你只需要郑重地看着对方说：怎么，你为他感到不平吗？

我总是觉得，当我们乐于温和守礼，讲体谅和同理心的时候，经常可以共情别人的不容易，而忽略自己的委屈。还有很多内心戏，在反复的自我反省和构建完美的外在形象中，让渡自己的权利。更多时候是社会规训，当代女子看似独立自强，可是在某些时候依然是众人眼中的弱者。

这包括社会地位的弱和心理能量的弱，以至于总是吞针一样吞下很多说不出口的微弱伤害。当然也有觉醒时刻，积累的委屈往往会变成狂暴的能量输出：骂骂咧咧的女子也有，掀桌打人的也不少，但……没必要。这又让我们陷入了更多的缠斗，并且感受到力的反作用力。我是不赞成吵架技巧培训的。世界上的道理其实特别枯燥、简单，甚至无趣，连变态都忍不了的那种无趣，那就是真诚地、正面地做人，直接简单地说话，踏踏实实地做事。

所以，硬起心肠让自己变成一个真诚、直接、无趣的人吧。会花样百出地哄人、才华横溢地抬杠、气势磅礴地辱骂，也没什么值得自豪的。那不就是赛博 ETC 的基本操作吗？它代表的是生活的失败呀。

有些女子不禁要说：道理我都懂，但我咽不下这口气，不让我吵赢我要抑郁。

那其实还有一些比较混账的操作方式：你要学习某些当代男子的思路（注意我说的是某些），王八拳一顿乱抡——自信，只抓住本质问题，用旺盛的生命力去攻击——"怎么，你暗恋我吗？""你没人要！"

莫要在无谓的事情上缠斗，莫要让无谓的人污染了你的气场，莫要让自己的内心反复增加生命的冗余。能沟通就沟通，不能就算了，太会说俏皮话也是一种油腻。你清清爽爽，才能去到更宽广的世界。

第三章

# 让我们都
# 充满破绽地活着吧

---

自我进化是什么？是百无禁忌。是诸事皆宜。

自我进化是什么？是摆脱局限性。过往的一切没有给你留下显而易见的阴影，你是一个活在当下——不蒙圈的人。

活着是一个连续的生活态……你有你走过的路、读过的书、凭着心愿选择的人，它们也无时无刻不在影响着你。你依然可以成为你想要成为的人啊。

# 突然有一天，再也说不出"可是"

情感纠纷里，最怕的是哪一种？

是那种闺蜜们义愤填膺地拍着桌子说"人渣！赶紧分手！"的时候，对方弱弱地说一句"可是，他其他时候对我挺好的"。这时候，大家就都翻着白眼说："散了吧散了吧。"

其他不翻白眼的时候呢，大家也很无奈。因为对方会说，我也知道应该分手，可是孩子怎么办？跟父母怎么交代？朋友同事怎么看？生活来源怎么办？这时候，大家就抚平心中起伏，尽量心平气和地说："那你就再忍忍。"

事情一旦发展到这个地步，就像一座到处漏水的房子，每个漏水点都需要一个桶接着，每个朋友都像那只桶，慢慢地，桶就不够用了。

住在漏水房间里的人，从来没想过推倒重建，或换一个房间住。他需要很多人来帮他查漏补缺，为他能继续安心地住在里面提供理论依据。甚至，他希望别人能帮他把屋子修好。

你以为没有这种事吗？让闺蜜去注册小号试探男友、让闺蜜去做丈夫的私家侦探，甚至组团去抓奸，这种事情频频发生。我只敢说这种状况属于大家生活太没有边界感了，却不敢说在很多人的心里，"嫁祸于人"也是一种生活态度。

喜欢愁眉苦脸抱怨和倾诉的人，我总觉得他们是在玩一个堵漏的游戏。即使不是感情生活，放在日常中，也屡见不鲜。简单地说，这种人的思路是：发现问题，让别人解决问题。

我现在很怕很怕别人来征询我的意见，无论是情感，还是职场。因为你有时不知道他是真的困惑和苦恼，还是来打你脸的。他会否定你说的每一句话。

比如有一个年轻小朋友，已经失业很久了。他先是来求教你：我是再找一份工作好呢，还是索性再读个书？然后你就会发现，你掉入了一个"两头堵"的陷阱：无论你给他哪一个答案，他都表示太遗憾了。

"先找工作吧。""可是出国读书是我的心愿啊，再不出去岁数就太大了。"

"那出国读书吧。""可是这样以前的工作经验和客户资源就浪费了，回来还不如以前怎么办？"

他这样颠扑往复，是真的苦恼。然后你也跟着苦恼，恨自己不能提供一个全职并有海外进修机会的工作给他。

这样的话题可以无穷无尽地延伸下去。基本上，人的苦恼来自自身的受限，欲望可以很大，但肉身被束缚。就好像读了很多书、订阅了很多知识付费课程、了解了太多行业秘辛、对人性也有充分理解，可，我真的起不来床啊，精力不够啊，做不到啊。

前几天差点被一个转型期青年堵死：大公司不行了，体制腐朽，哪里是玻璃天花板，简直是玻璃上下铺；创业公司也不行，太不正规了，还特别受不了那赤裸裸的丛林法则；自己单干也不行，不稳定，房贷不能断；外派太远了，背井离乡的，回头还得想办法回来；大互联网公司也不行，996能死，有命赚钱没命花；抱大佬的粗腿？不，人格呢？自尊呢？

这时候你只想发一串微笑表情给他，心中却在呐喊：关我屁事！这不行那不行，你跟我说这些话的意义何在？这年头要是有钱多事少离家近的活儿，我为什么不自己去？

这时候你稍微良善兼恻隐发作，想着可能有合适工作介绍他，一定会被啪啪打脸。因为对方觉得受辱了：你怎么能把这种工作介绍给我？

所以，如果一个人满怀心事地坐在你面前，抛出了自己的苦恼，但准备了一连串的"可是"，那就意味着，他其实并不想解决任何问题，只是试探一下你是不是能为他的不如意负一点责，减轻一点他的愧疚感，为他解决问题或寻找一个开脱的借口。

"我是想跟你结婚，可是没立业无颜成家啊。"

"我也想事业有成，可是人家要么是富二代，要么会拍马屁，我都做不到啊。"

你看，说完"可是"之后，自己的逃避和推脱，就有了天然的合理性。

我在和很多年长的人沟通的时候经常有挫败感，因为他们习惯以否定句开头：不。不对。这样不行。可是。但是。没戏。

就像你小时候跟父母长辈讲出一些自己的想法，经常遭遇否定性词汇的"盖帽"：你这样想不对。这样不行。

我不知道是否因为经历了太多挫败，所以才会以一种悲观的态度看待生活，也不知道是不是就是准备了太多的托词，所以生活才显得这么悲观。

每次当我们讨论月亮与六便士、泥沼与星空的时候，总会有人跳出来很睿智地说：可是生活就是这么现实啊。可是现实就是这么残酷和赤裸裸啊。你总是说 inner peace（内心平静），你也知道那是内心啊，对现实没用啊。

这可能是最让人感到悲伤的"可是"了。在他们看来，梦想就是做梦，现实就是得有好处。其他的时候，都是没办法。却从来没想过，蒙头朝前走，也许会有新的方向和道路。

大部分的"可是"和"但是"，都是内心抗拒的结果。有时是不想改变，有时是需要为自己的懒怠寻找借口，有时是想嫁祸于人，总之都是自己不想为自己负责。这样的人，总是有很多不得已，总是有很多突发状况，总是要说"你听我解释"。

所以，我们总是说，要硬起心肠朝前走。一方面，你听到一个人有太多不得已的时候，就应该知道，他确实不得已。不要让自己的热情和精力被现实的"无奈"拖下水，进行那么多伤害感情的无效沟通。另一方面，可能是更需要硬起心肠对自己，你心中其实明白，那些"可是"或"但是"都是借口，有时就是这段时间实在没有勇气面对真相，和恐惧于需要付出更多的努力。给自己找的借口和理由越多,你就会越来越感觉到生活的束缚。

可是我觉得可能说了也没什么用吧。只有长久的消磨和忍耐才会让人心如磐石。

# 那绵绵绵绵绵绵绵情意

"有爱的话,每天都是情人节。"

"那你跟我讲讲,清明节怎么过成情人节?"

"你想啊,多难得的机会,你可以一次性见到我全家所有亲戚(包括几百年前的),对着他们昭告,比对着全世界宣布'爱你爱你爱你'正式多了。"

一旦有了这种认知,七夕这种丧萌丧萌的节日当然要跟着过啊。

每当一个不那么正经的节日来临的时候,朋友们都会分成两派:一派热情地投入每一场"商业阴谋",买花买包买礼物;另一派则冷冷地嘲笑节日名不正言不顺、直男买的东西太丑、女的太没追求、跟风狗太庸俗。理由万万千。但偶尔后者会收到意料之外的礼物,然后果断投诚去第一派。

这完全没问题!就算普通朋友平时送点礼物,开心之余还不忘发个朋友圈鸣谢呢,怎么贤伉俪送的就不许显摆,非要藏着才是低调或深刻吗？

我那天买了个"爱的魔方"蛋糕，因为长得很好看，看起来就很好吃的样子。买完才发现，哇，是七夕限量版欸。然后我那天出差，进到一家店，看见一条特别好看的葫芦项链，简直如获至宝买下，买完才发现，哇，其他人都是有人领着来买的呀！但我依然很高兴，因为好吃好看简直是人生真谛，能够拥有，就已经够 high 了，管它是怎么来的呢！就算其他人的礼物是旁人给买的，起码人家也有"能够拥有的能力"呀！

你看，要是心窄一点的，就会哀怨"旁的人都是别人送礼物，我却只能自己买"，要是刚烈一点的呢，就会硬挺着说"独立女性自己买自己喜欢的，胜过哀求来的'紫色皱纹纸裹红玫瑰搭配满天星'"。

有人嘲笑喜欢节日礼物的女性是"电子宠物"，那意思是不是说，如今的妇女给买齐纪梵希所有色号口红或帮忙清空购物车，就得觉得幸福感爆棚了？但朋友你摸着良心想想，要是有人在特定的日子送上你喜欢的礼物，你开不开心？

这个一波三折的反问，是因为我今天看见很多朋友在朋友圈里晒礼物。有好看的有丑的，有便宜的有贵的。但只要是能发出来的，都带着甜蜜的心情。我一点都不觉得俗。能够把有的没的的节日都过起来，甚至连二十四节气都不想放过，说明我们生活好了，有闲情也有闲钱，当然要示爱啦。

但不示爱的，你可不能说人家"贫贱夫妻百事哀"，也许是日常已经太过甜蜜，犯不上在节日溢出。或者人家就特别不喜欢仪式感，带着平常心过好每一天就已经觉得挺好的——反正每个人对自己的生活都有充分合理的诠释。我就不明白自己不送礼物，也不收礼物，但就追着其他人嘲笑是什么心路历程。

我后来很少坚持某个观点，是因为我有一天悟到了一件事：但凡多说，就是强撑。

无论你是过度渲染幸福，或过度臧否他人生活，还是过度岁月静好，背后都藏着强撑的一口气。一个开心的人是绵软的，容易轻信的，并且无话可说的，很容易就进入"万事皆好"的态度中去。

总有人问："爱有什么秘籍？需要懂什么道理？"

我总是叹口气回答他："我们在少年时学到的所有做人的道理，早已经足够支撑整场人生。而爱就是没有道理、没有办法的事情呀。"

身在爱中的人是顺从的：呀，我从来不知道这件事你是这么想的。呀，我觉得这么做不会影响我们的情意，你高兴就好。呀，我相信你，我听你的。而这种顺从是双方的：那是一种有商有量的日子，可以把很多细节摊开来，一起把玩，同去更好的地方，一起计划更好的生活。

这件事里的关键是：信。你信他，信他可以带给你无限的未知与美好，也信自己，信自己可承接这一切，也可放下它们依然有属于自己的未知与美好。

另一个关键词则是：彼此彼此。"如果我希望你是什么样的，那么你也可以希望我做到什么样。""我想要你做到的，我也会努力做到。"

"信"这件事，也许还有可能有误信。但彼此彼此，正好可以真的笃定，是否都满怀爱意，共度这一刻。

我在七夕来临之前，看了很多送礼物的帖子。有一些传达的态度是：在爱中，你必须顺从我！除此之外，我还要惊喜！态度之刚烈，像是把一场舞会，搞成了一场战争。

我有些尴尬。这是一件挺美好的事。当我在平日或节日给好朋友送礼物的时候，都是怀着一颗快乐的心——把自己也喜欢的东西送给爱人们，比收到礼物还开心。但如果对方鬼鬼祟祟、旁敲侧击，或者干脆撒泼打滚，上升到"不给就是不爱我"的层面，或者收到礼物之后一副嫌弃脸，还要笑话我没品位的话，那我宁可假装什么都没发生过。

但如果"彼此彼此"都有"信"，根本就用不上鬼祟、幽怨或泼辣。和爱人说"我要"难道不该很坦然吗？要求他做到"一二三"的时候，自己是否准备了"四五六"？真懂你的人又岂会把"不要"二字当成欲擒故纵？

世界上的爱意有那么多种，又岂是一件件礼物可以讲清楚的？

慢慢地我觉得，几乎所有的节日，都是用来生发情意的。

有礼物可以言志是很好。而有时明月、银河也可以用来言志。其实我都不知道牛郎织女一年见一次都能说点儿什么。无非"我在上面挺好的""我在下面也挺好的""孩子们也挺好的，你别担心啦"这种家长里短。不能在一起的爱，也太不靠谱了，可也不能就说，这不是爱。

有情意的时间节点里，感到骄傲或失意，都是可惜的。我们的日常中已经有太多趋利避害的时刻，若想到星空，想到爱，依然硬邦邦地要证明自己是对的，想看到自己是赢了还是输了的，或非要努力辨别自己是孤单寂寞的。真的都太可惜了。

这可能是最不应该硬心肠的时刻。就算是只有一个人，我相信绵绵情意也是可以生发的：在另外一个人出现之前，还有机会对自己好一点，让自己更好一点。而在"被爱"发生之前，拥有爱的能力去爱，同样是让人心折的事。

我带着绵绵情意回忆每一个节日。陪伴的人有的还在身边，有的已经消失在天边。我曾经听过无数个版本的牛郎与织女的故事，有深信不疑的真情，也有反转的奇情，更有经历岁月之后依然不能理解的无奈。我曾度过热烈而盛大的节日，也曾经独自安静地体验倒计时。但在回忆之中，那些故事，都伴随着这样的节点，一个个浮现出来。我们把它打包，称为成长。

相比之下，带货、清空购物车、送丑的玫瑰、转账发红包，都太没所谓了，敌不过——"醒来觉得甚是爱你"。

# "你还没有忘记那些过去吗？"

很多人都有一些小小的迷信：有的人相信手机号或车牌尾数是"6"可以带来好运；有人谈生意之前要先打一局游戏，如果颇为不顺利，他就会改期；我朋友相信单数的花瓣可以让约会变得顺利；我写稿子的时候，开着淘宝页面会写得比较快……

大家经常笑话天秤座的选择焦虑症，但我们从来不以为意，因为，那是情趣。你看到的他们，都是焦虑于到底吃哪一家饭馆儿、到底买哪个颜色的口红之类的，真到了选择职业、恋人、家宅这种稍微大一点的事件的时候，基本上一分钟内做决定，不会跟任何人商量。实在是心里太清楚了到底想要什么，除此之外都是假焦虑真撒娇。

我之前以为，人不都是这样嘛！又不独天秤座，就好像那个著名的段子"十二星座哪个最贱"的回答一样："是人都贱。"但后来发现真不是——真的就有人在大事上优柔糊涂，却对细节纠结，而他们的纠结可能同样是来自一些迷信。

过去，这样的迷信可能是"长得好看的人脑子都不行""不结婚万年凄惨""不生孩子的女人是不完整的"，就算你嗤之以鼻，但偶尔还是会被影响，不是急于解释，就是愤然掀桌。可一旦接受了这种设定，你就失去了自由。

现在嘛，这种人生大事其实都还好，反而是小框架里的条条框框更多了。比如"不要跟×××的人交朋友""35岁之后不美是你自己的错""穿安踏的男子不值得交往"……好像在涉及人生大事件之前，你得先变成一个美貌多金、有品会玩的精致人士，才有资格继续进行下去。

然后我就觉得这样的讨论非常无意义，因为你只能在一个狭窄的圈层内争论对错，稍微跳出来看看，就会觉得太没劲了。比如，你跟徐小平讨论"穿安踏的男人能要吗"，他可能会跟你说"我们投资是投这个人，跟他穿啥没关系，咦，要不要找安踏聊聊消费升级"；跟你爹讨论同一个话题的话，他可能会说"穿着内联升照样踹你一跟头"……而鸡汤受害者还在把它当成大件事讨论，反而映照出皮袍下面的小市民心态。

我的意思是，在做人基本面之外，那些稀奇古怪的原则、迷信，既是自我保护，也是自我束缚。很多人面对复杂多变的当代生活，需要有一些稳定的日常仪式，时刻对照，是对不了解的焦虑进行反抗的方式。我知道很多人会斩钉截铁地、非常有原则地说：我不相信AI，我认为高科技对人性冲击颇大；我从来不用淘宝，直播太low了……

在远古的时候，不了解的东西一般都会成为迷信或禁忌，这样人们就很难被它"伤害"到。所以，我现在看见"原则性"很强的人，做事特别讲究"章程"的人，倒也未必认为他就体面，有时会觉得他仅仅是在守护他已有的那些东西。

我想写一篇关于自我进化与自我疗愈的文章，我认为这是人到 35 岁的必修课。

"自我进化"是个相当重要的观点，直白的解释就是：去年的衣服配不上今年的你。那么在早些年莫名形成的理想、原则、迷信、禁忌，在今时今日，还没有刷新吗？

我一直觉得聪明人都是能自我进化的。进化需要几个基本条件：

一、你是容易感到厌烦的人，俗称为"有够"。无论多 high 或让你多不满的事，你很快就都厌烦了，需要寻找新的乐趣，或干脆解决掉这件事。哪怕抱怨也会选个新的苦恼。

二、你并不介意反复推翻自己。去年我这么想，今天我改主意了啊！这不是打脸，这是我站在另一高度得出来的新结论呀！但我若当初没有那样想，现在恐怕还在纠结、犹豫吧！

三、你有自己独特的更新系统。无论是阅读、培训，还是跟不同行业的人聊天，甚至在消费领域的边缘感受到了经济形势的变化，保持不单一的信源，和不同年龄、阅历、文化的人讨论，甚至仅仅是自我在时光洗礼中的成长，都会让你变成不一样的新人。

自我进化是什么？是百无禁忌。是诸事皆宜。

自我进化是什么？是摆脱局限性。过往的一切没有给你留下显而易见的阴影，你是一个活在当下——不蒙圈的人。

其实你发现，在去年春节来临之前，有很多文章教你返咗乡下怎么怼亲戚，然后又有另一批文章告诉你不要怼亲戚。今年再看，似乎有点好笑了——对，我们都进化了。进化了就会觉得：烦不烦呐烦不烦，谁还惦记这点破事儿啊？

首先，你要是真没有软肋，就不会介意别人捅腋下。但凡在职场混两年，对如何寒暄都算熟练，何必非要气鼓鼓地反驳或抵抗？自我进化中的一个关键点，就是不跟亲密关系的人争论对错、荣辱。

其次，就像我之前说过的那样，一个成年人应该是可以掌控局面的，不要把自己放在被质问者的位置上。若你已经完成部分自我进化，也许你已经是整个家族中最有眼界的人之一，这不是让你用来怼或轻视他人的（其中也许包括父母），也许可以想想如何来掌控新的局面——我看到今年有人决定过年独自去欧洲、日本，也有人早早租好大理、海南的房子让父母去度假，有人在考虑新年如何移居新的城市和国家，谁还在乎亲戚或同学说什么？你要是年年都痛苦无比，在假想中怼了所有人一遍又一遍，却毫无建树，甚至连摆脱的能力都没有，那你是不是该硬起心肠图谋一下自我进化了？

我有一次在海边，顺着漫长的海岸线开着车，突然有一个奇妙的瞬间，仿佛得到了神启。我能明确感觉到，什么童年阴影啊，残酷青春啊，原生家庭啊，前任恋人啊，在那个瞬间，都成为过去。

虽然说，过去的种种会在你的生命中留下痕迹，它会塑造你的言行，决定你的爱恨。可活着是一个连续的生活态啊……你还有你走过的路、读过的书、凭着心愿选择的人，它们也无时无刻不在影响着你。你依然可以成为你想要成为的人啊。

以前我们和朋友打闹的时候，总会说"你别理他，他有创伤"，可现在这话都说不出口了……再这么说一个中年人，跟骂人似的。我相信那些成长中阴影的存在，也相信它会长久地影响一个人。但我也相信，时间和自我进化可以解决这一切。

真的，从我个人的经验来说，就是总有一天你会听到"咔啪"一声，感觉前事尽忘，阴影全无。而前提就是，硬着心肠，先前事尽忘。

不被过往的伤害所伤害，不反复沉迷于一种无聊的对抗，不设立莫名的原则以自缚。像没有爱过那样去爱，像一无所知那样去新学。

# 我累了，我真的累了

虽然今年刚过了几个月，但我想年度关键词已经跃然纸上。

"累"。

有没有觉得特别累，每一天？

感觉这一代人终于活成了即将被淘汰的手机——其他都还用着可以，唯独电量容易耗尽，经常是充电 8 小时使用半小时。于是越来越容易吃着吃着饭站起来就走："对不起，我的电量只有 5% 了。不是手机，是我本人。"

哦，最近还有两句话："我今天说话的额度已经用完了。""我今天见了太多人，严重地超出了 quota（限额）。"

不仅仅是我，很多人都在感叹累到想哭、累到哭不出来、累到变形加抑郁。而且吧，以前是心累，现在是切切实实感到肉体的沉重与拖累了。今年以来，格外严重，而且你知道吗，累到一定程度的时候，睡觉是睡不着的，必须哭着再去跑个 10 公里；而度假远行已经不再是放松，而是想起来就头皮发麻的跋涉苦旅。

当人进入这种状态的时候,你想和他谈论感情或心灵,怎么可能?烦躁之情油然而生,想一想都要扑街。

我朋友的一句名言是:我和董明珠之间只差一个健康的身体。

这句话让我简直要把头点断了。

我也是这几年才发现,成功学都是胡扯,最关键的是那个成功人士必须身体倍儿好,经得住打熬,扛得住压力。

我确实曾经亲眼看见董明珠女士工作的状态:从早上七八点进到办公室,到晚上不知道几点才离开办公室,那是漫长而饱满的一天,具体细节不赘述了。我只是作为采访者旁观了一天都已经累瘫痪了,很难想象若干年来她一直保持着这个高速运行的状态。

再想想我的某任前老板也是,北京上海广州一周可以跑四个来回,在每个办公室开漫长的会,讲无数的话,更别提还有见不完的客户和时刻都有的大型活动,必须体力和精力都饱满到溢出才能支撑。

所以后来大家又延伸出了另外一种观点:你有没有想过,身体健康本身就是一种品德?

意思是说,你身体好,才能坚持长期(注意是长期)高强度、高密度的工作状态,这包含了意志力强、自控能力强、注意力集中等优良品质。你身体好,提点重物、换个桶装水都是小意思,多跑点路也不觉得费劲,于是显得热情、慷慨、勤奋。而你身体好,很难感受到小虱子噬咬一样的各种轻微不适,没有那么敏感,就不会轻易产生负面情绪(你想想人有时饿了都要发脾气），就显得比较开朗、积极、阳光。

如我等虚弱的人，虽然勉力集中精神也能干一会儿活，但打起精神这件事本身，就是漫长的心理建设好不好。真的会拖后腿，比如我每次想写文章的时候，不是头疼就是肚子疼，要么就困得睁不开眼，感觉离托尔斯泰也差好几个健康身体。

唉，更别提哀乐中年，不仅要在职场上跟身体好、脑子好的年轻人比拼，回到家里上有老、下有小，哪件事不耗费体力、精力？什么？健身？我只想苟且着喝啤酒瘫软在沙发上放空（还得是孩子没有号叫的那一刻）。

慢慢地你会发现，我基本上是从各个角度来讲人世间断舍离的道理。

并不仅仅是告诉你扔掉什么东西。有一个比喻是，如果你本身是一个圆，那么当你面积越大的时候，你最外面那圈接触的"圈外"就越大。人们通常用圆圈形容"已知"，而圈外部分被视为"未知"。而我们把这个圆圈形容为"已拥有"，将圈外部分视为"不曾拥有"，也同样成立。那就是当你拥有的东西越多，你不能拥有的东西就更多。

而当我们用力去扩展这个圆，却发现无能为力的时候它更加不可控制地变大，又怎能不绝望、不疲惫呢？这时你又会想到另外一句话：这个世界上让人绝望的是——无穷无尽的好东西。

而硬起心肠断舍离，就是一种平静的绝望。你最终要决定，你人生这个圆圈里都将要放一些什么。

这几年大家都过得目不暇接，完全不知道风朝哪边吹。那种集中注意力去捕捉潮流风口的生活，带着欲望和野心的追逐，直到我看到一张"佛系区块链灵修研讨会"的图，我觉得已经到了一个万物疲累的临界点。

这就很容易解释为何大家都疲惫不堪，因为是做决定的时刻了（而且天天有），来决定你的圆圈里放些什么。

厘清这些，就能稍微轻松一些。比如我的圆圈里，会有工作的愉悦与成就感、到处玩儿、人间情意。那么其他的，都将是依据这些附赠的报偿。

人是不必要八面玲珑的，因为每条路的尽头可能都是罗马，只要你踏踏实实地走下去。而人从哲学层面最感伤的是：当你踏上一条路，你就踏不上另外那条路。

所以每当我疲惫不堪的时候，我就会回头想一下：我是不是妄图踏上更多的路，以有尽搏无穷？我是不是想朝我的圆圈里放太多没有必要的东西了？

时间无情，就因为它总是逼迫你做出选择。这也是另一种断舍离。

当我们年轻的时候，我们努力而快乐地撑开这个圆圈，尽力扩展。但随着年龄的增长，你的体能和精力开始下降，那么——万事万物，一定有优先级别。

对有的人来说，可能是事业、钱财，或者父母、妻儿，也可能只是"每天都要尽可能地开心"这样的抽象愿望。

我之前说过，每当我感觉特别累的时候，我就本能地觉得不对，要停下来想一下到底是哪儿出了问题。

如果是忙碌导致的疲惫不堪，也许有两个原因：一个是方向不对，一个是方法不对。

如果我们用恋爱来举例子，方向不对就是——这人根本不是你的菜，他也没那么喜欢你，那么你再努力，最后也是挫败。方法不对呢，就是说也许本来你俩还能抢救一下，但因为你太用力、戏太多，把自己累个半死之后，对方反而跑得更快了。

所以每次我累的时候，都会想：是不是不适合，不擅长？又要怎么调整和改善？

而有时放弃并不是失败啊，也不是止损，而是漫长旅途中一路扔下无用的辎重。

这种情形在很多时刻都可以进行对照。那我们不用恋爱举例，直接谈论恋爱本身，也是一样的。都什么年代了，还需要忍辱负重、意义深远、精疲力竭地去做牺牲者吗？我们为什么不能身心轻盈地谈论这一切？

当我们把某一项期望集中投射到一个人身上的时候，那才是最深重的疲惫。

你想一下，当一段感情中，一个人将另一个人视为救赎她的白马王子，期待他可以改变自己的生活甚至命运的时候，对方会不会累到想逃？一个家庭中，当一个男人的角色就是定位在"赚钱"上，全部重负都压在他身上的时候，他有多恐慌？而女人被要求照顾好家庭，对她的期许是照顾好孩子和做家务，而最高褒奖是"完美主妇"的时候，她又得有多绝望？可长期以来，社会角色的定义，就这样形成了思维定式。这俩人都累得半死，可心里都充满了不同的恐慌。

所以,让自己轻松一点的另一个方式是,均衡自己和他人对自己的期许。

人生嘛,不就是这样慢慢硬起心肠,软下身段,缓缓躺倒的过程吗?

其他时刻,让我们养生。

# 这把年纪了,你不必去做的几件事

以前我对"到什么年纪做什么事儿"这句话相当嗤之以鼻,只觉得陈腐不堪。谁规定了25岁必须结婚、26岁必须生第一胎、30岁必须成功这种格式化人生值得赞赏呢?还有什么少年要既热血又伶俐,中年体面端正,老年德高望重之类的。

都说了心肠忽软忽硬,三观倾侧摇摆,不知不觉,我发现自己多了一个口头语:这把年纪了,算了算了。回过神儿来一阵惊慌:什么!我居然认同了"到什么年纪做什么事儿"这句话?!背叛!

定下神来,摸摸良心,硬硬的还在,不由得又松了一口气:我依然同意人生如花期,每个人绽放的时间是不一样的。但我又同意另外一句话:如果你回首过往的几年,没有觉得当年的自己是个傻子,那就证明这一段人生进步有限。

可我为什么会情不自禁地说出这种话呢?也许,这是自己在让心智和阅历匹配自己的年龄所做出的努力吧。

有些事，不是不能做，是不想做，或不必做。

我看到过这样的一个说法，人到一个年纪之后，在很多事上都是矛盾体：一方面，体力精力开始下降，而经验和阅历已经增加，于是在这个时候，大脑就要先自动进行运算，寻找最优方案。因为我们不像年轻时那么有力气和热情，也不敢赌，且未必还能输得起；但中年人更擅长活出自己的天地，终于明白甘苦自知的春华秋实。

而所谓"对自己有要求的人"，就是只对自己有要求（必须画重点）。每个人心中都有自己的格子和边框，你一旦把它拿出来要求别人，立刻变成"教做人"的油腻中年。

想了想自己觉得再也不必做的一些事，又问了问朋友们，大概罗列了一些微妙的心情，不是教做人，也不是吐槽，只是共勉。

## 一、不在公开场合丧

有朋友说：这把年纪了，绝不在工作场合明着丧，哪怕回家进屋就跪，在外面也不能让人看出情绪跌宕。另一个朋友接茬儿：因为我们没筹码了呀！年轻人丧，大家会说"哎哟小可怜过来抱抱"；中年人丧，则是"瞧这个loser（失败者），都这个岁数了，凉透了"。

这真是不公平。那我们中年人满腹辛酸怎么排遣呢？所谓寄情山水，玩物丧志，大概就只能这样了吧？原来每一串手串儿里都是无法言说的颓唐倔强悲伤呢！

## 二、不假装工作狂

都这么多年了,难道还要兴致勃勃地给老板点赞、转发行业动态、拍拍自己的肩膀发图说工作真辛苦吗?

都这么多年了,还没明白工作和事业是不一样的吗?何必为别人的乌云镶金边?8小时之外的时间才是人生真相对不对?一个镇定的中年人审时度势之后,会将更多精力放在家庭中,放在爱人、孩子身上,或放在自己的爱好上。

中年人一旦开始打鸡血,就意味着……要骗人了。毕竟,如果游刃有余,必然举重若轻,一惊一乍的工作狂,只能理解为非常怕失去这份工作,或者误会前面有一大片韭菜地。


## 三、不教人做人

《小偷家族》里的老奶奶被问到有什么建议给年轻人的时候,她回答:没有。因为,反正年轻人是不会听的。

虽然有时还是按捺不住想说点什么,但表现善良的方式有很多种,不必选择这一种。毕竟上学的时候想学点什么都要交学费,难道在社会上,还要免费传授各种经验然后被嫌弃吗?

这些话的意思是,省着用自己。每个人的不同阶段都有他自己的劫要度,我们劫后余生的人闭嘴就好了。不教人做人,才是好好保护自己的方式呀!

### 四、能花钱的绝不浪费时间

看电视剧再也不会等 120 秒的广告,直接充个 VIP;打游戏的时候一开始就笃定做个人民币玩家。感到爽是重要的,胜过技术高超完全可以不花一分钱。

如果能找中介或代办,就不要找熟人,欠了人情也未必省钱。如果奶茶要排三个小时的队,喝了能成精也不要去排队。出门旅行前不要看攻略了!付费服务会让你感觉更美好。

有时多花一点小钱,就能让心情愉悦很多。因为这样你不会反复追问自己:我为什么?我图什么?更何况,这把年纪了,之前那么努力,不就是为了少一些手尾,多一些随心所欲嘛。

### 五、不再认为人脉和资源是重要的

喜欢使用这两个词的中年人,可能很少盘点自己的库存。世界上的很多关系都是利益交换关系,如果你没有可以拿出来交换的东西(含情感产品),那么给你一堆所谓人脉和资源都毫无意义。

这把年纪了,应该构建深厚的关系:血脉相连的亲人、信任有加的合作伙伴、说好一生一起走的密友、基于灵魂相知的同好……其他的,皆是浮云。

至于交友,我的灵魂基友说:要躲着那些不明朗、怀疑一切的人,如果人到中年还目光闪烁,谨小慎微又处心积虑,多半是要来浑水摸鱼的。如果你不喜欢一个人，那么相信你的直觉，就算有天大的好处给你也不要动摇，项目大到装修天安门也不要接。

## 六、不做让自己不舒服的事

据说中年人的行为准则是：少说，多笑，买单。

但我觉得更多时候是，只要不舒服的，就不要强撑，从换成运动鞋，到穿没有钢圈的胸罩，也不再热衷聚会，因为已经过了为一顿饭穿城的岁数。再不高兴，也按时睡觉，绝不灌自己酒。如果有人让你感觉不舒服，无论什么原因，都避开他。不再跟情绪跌宕、说话没谱、变动太多、习惯性迟到的人密切交往，因为那会让你想起不靠谱的青春期啊。

## 七、不再假装年轻

我问大家：你能接受一个45岁的中年人说"网上冲浪"还是"SKR"？大家表示都不太行，但非要选的话，还是网上冲浪吧！

我是真的看过一把年纪的人仍在"SKR"，感到有些尴尬，是觉得辛苦，特别努力地去追不知所谓的潮流。如果再配上精修磨皮照和童年老照片，你知道年轻人怎么说？"这个老年人真棒！还会翻拍老照片和上传朋友圈，励志！"

虽然一直说有着年轻的心更宝贵,但我觉得这也是一种隐形歧视。我们怎么就不能死气沉沉地过想要的生活啊?大家所说的年轻,根据我多年的观察,大抵表现在内分泌的年轻和消费水平的年轻上面,和外表还有心态都没什么关系。除非你真的是身体、钱包、精力等一切都矫矫不群,像徐小平老师一样高兴了就上台跳舞,大家还肯夸奖一声。但,瘫着也挺好玩的啊!

我跟你说中年危机是怎么来的。

如果你将一生想象成一张报表,那么可以清晰地看到,中年人可能已经站到了他的峰值之上,接下来,可能是下坡路了……因为不能像年轻人一样说"明天会更好",又不能现在就去死,那就只能暗戳戳地开始做更多规划。

既不能回顾过去,也不能展望将来,大器晚成活成传奇更是小概率,那就只剩活在当下,好好活着。

好好活着的要素就是不问前因,不问后果,不问不得已。还是用一个圆来比喻,我们年轻时使劲儿扩张这个圆,是为了扩张和世界接触的边界,而到了这个时候,会更关心圆圈之内的丰盛程度。

所以就继续做人生的断舍离吧,然后在有力气的时候,做一些此刻觉得值得的事,就已经很好。

# 所有无法诉之于口的痛,都变成了兴趣广泛

有一天,我回到家里,躺在沙发上,突然悲从中来。拿起电话,特别想说点什么,然而并不是觉得没有可以拨出去的号码,而是觉得自己矫情无比。

没有发生什么,就是累着了。有一种累是物理的,要跑路要见人要说话要干活儿;另一种是抽象的,忙起来顾不上关心情绪,就等着反弹吧。其实前半生抽象的累比较多,毕竟青春期敏感多思,而后半场各种俗事扑面而来,只想哭着说:我想静静,让我歇歇。

累到想哭这种心情,真是没脸跟人说啊。主要是人家没法给你反应,能说的也不过是多喝热水、赶紧睡觉。再说了,你怎么知道其他人不是累崩了正强撑着呢,遇见撒娇巨婴再深的感情也想打人啊。

是的,我想想自己不算惨,好歹还能安静地躺在房间里睡觉。其他心力交瘁的人,拖着残躯回家,也许还有婆婆在搞事、

孩子在嗷嗷、丈夫在添乱。"树欲静而风不止",想哭都得看一下档期,安排好在花洒下面来一下。

最后能怎么办呢?还不是默默地看看购物车,换个舒服的枕头,或买上一大瓶香薰,随便安慰一下自己。

大家还蛮歧视抱怨体质的人,给他们起了不少外号:黑洞、负能量发射器、乱丢垃圾的人之类的。每碗鸡汤也都在孜孜不倦地提醒各位:年轻人爱抱怨,是巨婴,是嫁祸于人;中年人想体面,不光不能抱怨,话都要少说。

而年轻人的抱怨都比较宏大或具体:前途迷茫,他不爱我,钱不够花,感到无聊。

中年人呢,烦恼来得琐碎且不讲理,见缝插针地让你时不时感到生活辛苦:大学同学去世了,白头发又多了一根,吃得再少也看到体重缓缓上升,年轻上司雄心勃勃三把火殊不知前两年刚烧过几遍,孩子要逆反了,累累累累……每件事都让人觉得没意思,好辛苦,何必呢,但又要兴高采烈地活着,否则接下来的境遇可能会更糟。

以前大抵有人形容过这种于细微之处的崩溃,那就是:"不说出来耿耿于怀,说出来又显得矫情;不计较真心憋屈,计较的话别人还没说什么,自己都嫌弃自己小心眼。"

一个中年河豚慢慢升起了,没有大事件,总归时不时想想人间值得不值得,然后写了删,删了改,最后剩下几行字发发朋友圈,也不过是"健康最重要"这种片儿汤真理。

你有没有觉得,这几年大家对爱抱怨的人更加严苛了?

就是根本不想听对方有任何情绪或身体上的波澜描述,甚至已经暗戳戳地在考虑之后要离这个人稍微远一点儿。以至于,我有时想,是如今大家越来越没有同情心了吗?

当然不是。我觉得人不愿意听他人抱怨,大概有几个原因。第一是因为无解。比如每天嘤嘤身体不舒服的人,你的安慰效果有限,让他去吃药看病,也许引发升级抱怨(改吐槽医院了)。还有那些扯不清的情感、改不掉的坏毛病,很多人的抱怨,其实是拥有一种以痛为快的 high 点,你如果真能给出解决方案,说不好人家还要恨你。

第二是因为说不清到底谁惨。这么大个人谁还不是经常默默崩溃,只不过有的人深深明白,多说无益,更明白要是放纵自己伤感下去,也有可能被带进更深的坑里。当你想哭的时候,其实有很多人已经默默想死了。

第三呢,如果你真的很厌烦来自他人的抱怨和晦暗不明的情绪,说明——你对这人世间的苦和痛感同身受。

否则你不会在第一时间像被火星烫到一样,甚至跳了起来。我觉得人活着,也不管多大年纪吧,反正慢慢行来,一路上大大小小的伤感,无法诉之于口的痛,夜深无人时才感到的委屈,求不得和不甘心的撕扯,总归是相似经历。那些事无法对人言说,就好像死里逃生的人对非目击者的描述,总是要么显得轻描淡写,要么显得夸张。

倒也不是真的说出来怕被人嫌弃这么简单,就是人类的感情相通,但各自悲欢却并不相通(我只觉得聒噪,鲁迅说的)。痛且不通，也不会死，只能自己咽下去慢慢消化了。就这样，敏感地明白有生皆苦，自顾不暇之余却也没有太多力气去理解他人那些灵魂碎渣渣了。

我现在听见"犒赏自己""吃好喝好"这样的词，都觉得带着报复性反弹的意思。

但既然烦恼琐碎又虚无，辛苦那么真实，那是不是只能去现实中寻找可触摸的安慰？我又想起另一句话，叫"人无癖不可深交"，说的可能就是那种曾经痛过的感同身受吧，而不是精神和灵魂都强大到混蛋。

扯到癖好，是这样的。我们所有无法诉之于口的痛，也总归需要一个纾解方式。最后可能也只能硬起心肠，把话咽下去，把钱包掏出来。

找一样自己喜欢的东西，然后义无反顾地沉迷下去。

你以为那些成功人士真的喜欢文房四宝和手串儿吗？假装有一个癖好，都是那种没法说出来的烦心事。你以为中年妇女还真的需要那么多包和珠宝吗？那也是不高兴的积分换购来的。你以为广场舞真的有凝聚力吗？也是因为总不能这把年纪还哭着说孤单吧。画画的，玩收藏的，跳舞跑步的；做各种手工，或者爱上Cosplay（角色扮演），还会发展到自己盖房子……想必都是洞明了"既然多说无益，不如留下点什么东西"。

# 人生苦短，躺下说"算了"

动荡时代，大家见面寒暄都是："你现在在干吗？"

是真不知道，有那么多变化和可能：一个循规蹈矩的公务员，突然去开客栈了；一个文字编辑，突然创业了；我以为最靠谱的白领，跑去区块链了；然后社交名媛靠着自己的优势开始卖保险了……大家跨行业/跨领域，轰轰烈烈活出时代华彩。

也经常遇见过去的熟人，问我："你现在在干吗？"我认真地回答："躺着……"

然后收获两种经典表情——一种是"你这个骗子，太不真诚了"，感到纯洁友谊被亵渎了，这人居然不肯跟我说实话；另一种是"噢那你没啥用了"的即弃感，感觉你就此躺平那就是对社会（包括我）没啥贡献了。

但我真的没啥可说的，赚钱和工作，只是这漫长人生中的一些填充物，并不值得郑重反复提及。也过了肆意游荡玩乐的年纪，剩下的难道不是一有空就毅然躺下休养生息吗？

因为慢慢发现，我们做的很多事情其实都是无用功，就像一场武林对决，那么多花拳绣腿之后，才有人跟你说唯力不破、唯快不破。减少不必要的动作才是生存之道，它们包括：超出能力的欲望、不切实际的野心、只是让自己没有负罪感的盲目忙碌、承担不属于自己的责任、明知无用却要形容成体面的虚荣……

这一切都把我们扔到了一艘飞快旋转的时代巨轮上，你像一只仓鼠一样停不下来。

还记得那个段子吗？老大哥说：我停不下来啊，公司里还有那么多兄弟靠我吃饭呢！然后老大哥积劳成疾去世了，而兄弟们周一都来上班了。

所以我躺下，不是因为懒，也不是因为颓废，而是找到了一个关键词：减少不必要的动作。

前一阵听一些做生意的朋友聊今年的形势，他们慢慢觉得，人类社会经济文明，其实和农民伯伯种地也没啥大的区别，你"锄禾日当午"当然要付出辛苦，而收成好坏，最后也不过是靠天吃饭。我们大部分人跟着波浪的规律动作，有时赚的钱也不过是水涨船高；赶上熊追过来的时候，也只能祈祷跑得比熊快，哪怕跑得比同伴快也行。

然后发现，运势不好的时候，有可能越努力损失越大，还不如静静缩着，等待低谷过去。缩着干什么呢？休息，读书，养花种草，和心爱的人在一起腻着……连土地都有休耕期，人怎么能一直靠鸡血活着呢？

同理，你还没明白吗？生命中所收到的馈赠，和努力、运气有一些关系，但并不是努力就可以得到的。我们殚精竭虑付出了那么多，未必抵达水草丰美之地。

分辨人生中的春夏秋冬、云卷云舒、潮起潮落，顺时而行；像小王子一样，在世界上千千万万朵玫瑰花中，找到和自己联系最密切的唯一那一朵；像自己初习写字一样，最先学会的是写下自己的名字，要记得自己是大写的第一名，尊重自己的直觉和感受……我能怎么样呢？我只能躺下啊，静静地说：算了。

有一些不好的消息渐渐多了起来。今年听说有一些朋友生了病，还有很多人的父母也渐渐住进了病房，微博上看到的去世消息越来越多，那些人都曾陪伴我们走过漫长的青春期或少年时代。有些人已经老去，有些人还年轻。有人说，当你看到你的偶像、你认识的人，慢慢消失，说明属于你的年代，就要过去了。

而我们每次都要震惊和遗憾，每次脑海里都浮现出同样的念头：过好每一天，珍惜眼前人。然后就继续转身为了名利而战，为了荣誉而战，为了不让他人的眼中流露出失望而战。

活着不能想太多形而上的东西，否则很容易陷入虚无，你会觉得那种争抢、奋斗都是没意义的。

但总有一样东西会把你拉回现实，那就是你的身体。也有很多人是从今年开始意识到健康到底有多重要。说了那么多无意义，而身体的垮掉才是真的无意义。

很多忧伤和虚无，都来自身体不好。渐渐感觉到了——面对风景绝美的山顶我爬不上去，看见好吃的东西我没胃口，辗转反侧的深夜一直在抱怨是枕头不对劲，和朋友们深度聊个天就感觉灵魂被掏空了……我从来没有想到有一天，我要为了保持欲望而保持身体健康。

蔡康永说过一句话：人生中哪有什么原谅不原谅，很多事到最后就是"算了"。

如今我把这两个字用得炉火纯青。更新的段子是爷爷劝说孙子停止哭泣："没必要，您这样儿真没必要。"讲的都是人生不要自苦的道理。

我们已知，很多疾病都是情绪向内攻击而产生的。保持心情的愉悦，是身体健康的第一步。

不要自苦，不要反复咀嚼那些让你伤感的事情。敢于表达自己的感受，从说"不"到直接地说出"你这样做会让我觉得不太舒服"。不要被他人的情绪绑架，如果有人对你冷脸，你收拾好东西回避开。把糟糕的环境视为一艘救生艇，先穿好自己的救生衣，再去帮助别人。哪怕做一个家庭主妇，也要公开宣布"一个家庭的女主人开心，其他人才可能得到开心"。哪怕是一个被银行贷款压弯了腰的成功人士，也要敢公开宣称"我只在办公室待 8 小时"。

只要敢说出"算了"两个字，你会发现巨大的猛兽慢慢缩小，变得像宠物一样。当人不被成败、荣辱、他爱我他不爱我捆绑的时候，就是值得褒奖的。

你看，我好像总是让你硬起心肠，抛弃一些东西，继续做一些断舍离的功课。

而最终，我们要意识到命运的无常。这时候可能又要软下身段，该锻炼锻炼，该保养保养，想停止就停止，想躺下就躺下。

躺倒并不会耽误你，在过往的时间里，你所经历的那些，已经为你铺设了唯一一条轨道，到了某个年纪，你就是顺着轨道滑翔了，再没有让你去追赶到油尽灯枯的事。它们一律不值得。

# 你看不上他，却忘不了他

在中二少年时代，很多人都有一个摘抄本，上面抄了一些名言和狠话，大抵是读起来让人心里咯噔一下的。后来的孩子们也没好到哪儿去，无非是把这样的句子放在 QQ 签名上而已。

有些句子我现在还记得，比如："爱的反面是什么？不是恨，而是漠然。"

一个十几岁的少年说这种话很狗血，但中年人说的话……不，中年人不说，但在心里会点头。

我的意思是，当你对一个人或一件事毫无感觉的时候，才算是真的过去了。

是的，无论你怀念当年无话不说、一起做梦，或敷上前男友面膜并且暗暗希望他秃顶，这都是没有过去。他依然对你有深重的影响。

无论我们用多少话来掩饰，但只要提到他的时候，不能像谈论天气一样自然，或像提到邻居老王一样喜感，这件事就还是没有过去。绝口不提是没有过去,但凡多说,又都是强撑。

这并不是一篇谈论感情的文章,而是有关注意力的。

我们每个人的精力都是有限的,你在这里多玩儿一会儿,就要在那边多辛苦一点儿。你若是最近重心都在赚钱上面,对于搞暧昧就没那么大的热情;要是每天晚上都吼着孩子做作业,就懒得去微博抬杠;春天来了,你要健身,那么一定会推掉很多吃喝的局。大抵就是这样,一个人一件事能够占用你当下的注意力份额,那么说明你最近就比较在意这个人这件事。

相信我,一个人不会频频提起自己不在乎的事情的。

而且不能看他都说了什么,而是要看他提起一个话题的比例。比如说,小王总是认为公司领导不公平,他认为自己付出太多得到太少,而每段话的结尾都是——"我不是为了钱,我是为了争这口气"。好的,小王就是为了钱啊。

至于小李,离上一段恋情结束已有一年半的时间。这期间她看起来还不错,也积极主动地出来跟大家玩耍,但几乎每次聚会的尾声,主题都被她掰到"花式羞辱前男友"上。时间久了,我会感觉这件事在她心里依然挥之不去,有一天实在忍不住对她说:"你在微信聊天记录里搜一下你给他起的那个外号呗。"搜索结果显示,一共有872条记录呢。怎么说呢?"亲,咱们这边的建议是正视困扰哦,就先不要说'没有你我会更好这种话'了呢。"

你这么想想,要是有人成天把"单身有单身的精彩"或"女人就是要独立哦"这种话挂在嘴边,占据了很多份额,那么心中，多少也是有些焦虑的吧？因为它吸引了自己太多注意力了，需要不停拿出来过嘴瘾，以至于来不及精彩或独立了。

我为什么要谈论注意力？是因为每隔一段时间，我们就要试着重新安排自己的生活。

人都有当下所求，20岁聚焦在爱情玩乐上，30岁可能就偏重事业或家庭，40岁也许想突围，50岁，哈哈哈，终于可以夕阳红了。

大部分时间，我们不能兼得，所以总是说成功人士第一要素是超乎常人的精力旺盛，所以社会新闻里才总是有为了爱情/事业/爱好，放弃了事业/家庭/余额的事情。

而你的精神份额那么宝贵，需要经常更新，重新分配。每个人都有自己偏心的地方，求仁得仁已经是好结果。但是硬起心肠做一下 mind clean（心灵打扫），我觉得这是你应该有明确意识的事情。

你能承载的就那么多，脑子里多装一点美好的、高兴的，就能挤掉一些不高兴的事情，若是多装一点乱七八糟的庸俗土味故事，就会慢慢吃掉你的品位。

就像标题写的那样：你看不上他，却忘不了他。我们见过很多这样的爱情故事：一个人来抱怨自己的伴侣有多么差劲，可当你劝她分手的时候，她又会有无数理由来证明"其实他对我挺好的"。实际上，这是习惯了和不好的关系在一起，低自我价值感发作起来，会认为即使这样糟糕的关系，也比一个人孤独生活来得好一些。当一个人的脑力被这样的关系占据的时候，她根本无力挣脱，更没有办法重新开始一段新的感情。

我经常想到一个词，叫"审丑"。在我看来，这就是被不好的东西控制了：一方面，在心里认为美好的东西都过于虚幻、不真实，只有发现了破绽和瑕疵才可以松一口气，觉得回到了现实世界。所以，很多时候，精神力都用在寻找某人某事的漏洞上面了。另一方面，看到一些庸俗狗血的人或物的时候，会产生一种猎奇式的优越感，在惊叹之余，内心觉得自己还过得去。

这就能解释为什么很多人喜欢看土味视频，起哄一样捧红一个眉毛文坏了的小人物了。他们用这种方式来证明，一切崩溃都还在我可控的范围之内。

但还是要去追逐爱和美啊。虽然有些负面情绪呈现出有趣的样子，但在灵魂里它们是衰败的，是向下的力，你不要让它们占据你的灵魂份额。

那些让我们不高兴的事情，那些渐行渐远的人，那些粗俗而狗血的故事，首先应该做到的是忽视它，不主动靠近它，甚至都不要谈论它，骂也是一种关注。试着用正面向上的力去替换。

这把年纪了，看人出丑，看人表演尴尬，看人抱怨，一点都不能让我开心起来。所以说人越活越正能量是一个必然趋势，因为你要靠它抵抗这世间的消磨和侵占。

## 我们彼此撒娇，温暖的怀抱已经不够用了

　　我从前关注过一个公众号，是一个机器人助理，直接跟它语音，就能准时提醒你哪天几点有事儿，还能帮你买咖啡或者叫车。多出点儿钱还能享受真人助理服务，莫名就有一种成功人士日理万机的感觉。

　　然后突然有一天，它改版了……那些功能已经不见了，变成了一个"早晚安"公众号。也就是说，你可以在那儿打卡，它会提醒你早起早睡，还会充满感情地问候早安和晚安。

　　我都惊了：这么浅显的服务也有人需要吗？后来想想，这种服务还不少呢！你没看见真的有人去预订其他机构的晚安服务吗？在你睡觉的时间里，给你念一段人生美文，充满温度的、能让躁动的心感到温暖的，让你带着余温睡去。

　　可见我们的要求多低啊，也说明了那些服务机构的运营者已经对这一届的年轻人失望了——都不要求你们多么进步了，能早起早睡、睡个好觉就是进步。

还有几个年轻人社群，我已经不太受得了了（是的，不是说中年人需要多了解年轻人的想法嘛，所以我潜伏进去了）。但事到如今，我对那种熟悉的气质已经过敏了：中心思想是漂在大城市的年轻人到底有多么不容易。高兴的时候说追梦，不高兴的时候说逃离北上广；故乡永远是巨大的伤口和怀念，过年回家就要城乡撕裂却发现摆脱不了乡愁；谈恋爱吧，要么吐槽相亲，要么对着没有回复的微信愣怔；剩下的就是细碎的温暖，比如陌生人的善意、深夜7-11的温暖、突然明白了什么的瞬间……简直像如今的流浪猫，已经不会自己抓耗子了，就等着一把一把的猫粮喂大呢。

以前没有这么明显，可能是因为没有聚众效应——哦，如今这个词被重新诠释了，叫"众智时代"，只要大家凑在一起讲述这些"我也是"的时刻，就奇妙地得到了抚慰。可抚慰完了呢？苦恼和忧愁依然存在，需要积攒更多细节下一次得到抚慰吧。这简直是流浪猫吃完了还不肯走，还要等着撸一遍。

前几年有个词汇叫"雪花一代（Snowflake Generation）"，指2010年成年的那代人，"看似年轻气盛实则有着雪花一般的玻璃心"。具体表现为敏感脆弱、适应能力更差、更没耐心、抗压能力不强等等。虽然年轻人肯定不大承认这种说法，但你去问问他们的上司，每个人恐怕都有一堆苦水要吐。

最典型的就是现在做领导的根本不敢批评小朋友，他们本来上班就勉为其难，一旦没有乐趣就立刻转身走掉，还轮得到批评发生吗？我朋友甚至说：在未来我们不会有真正的"好的服务"

了,因为你知道招一个服务员多难吗?

不过我觉得也不能这么讲,毕竟所谓敏感脆弱还是因为生活条件变好了。在经济上升期出生的一代人有更好的家境、更好的教育和眼界,也没吃过太多苦。随着人工智能的发展,这些网络原住民更加择群而居,也没有受过太多挫折。上一代的苦大仇深可能在物质层面,那么还不许这一代心灵蹉跎吗?

青年反正本身就容易迷茫和愁苦,该努力的应该是怎么强悍一些、坚忍一些。就怕扛不住的时候想撒个娇,却发现其他人早就撒得花样百出,还要抱团撒娇。然而一个全身都是 bug 的人,怎么相信你能好好生活呢?按照年轻人社群勾勒出来的画像,那就是:这边厢还没有解决和原生家庭的情结,一直在谈理解和和解,那边厢也搞不定都市恋情,对方回一个"哦"就立刻熄火,还要嘲笑相亲多么势利、变态。也搞不定职业规划,人家都去 gap year(间隔年)或者上山盖房了,我还要跟混蛋老板过招……看多了大家抱头伤感的场面,其实是有点腻的。

可见扎堆撒娇,并不能让情况好转,反而有一种"我确实值得呵护"和"大家都这样我就放心了"的感觉。怪不得需要每天接收"晚安"鸡汤,我真的觉得,还能再弱一点吗?说句不好听的,心理能量弱的人,除了沉溺虚拟温暖,现实中怎么去突围呢?

我在微信里搜索了"年轻人"三个字,出来了很多文章:

"年轻人的孤独,是从失去客厅开始的。"

"年轻人,你到底在丧什么?"

"年轻人,我奉劝你远离这些东西。"

"年轻人生存守则：丧丧丧丧丧。"

"年轻人在养老，老年人在奋斗。"

"年轻人被废掉的两种迹象。"

"被花呗／饮料／脱发／抖音…毁掉的年轻人（可以用任意名词代替）"

……

感觉活着真的不容易，明明很难过了，还要被貌似温暖实则羞辱的文章打击。

但如果说年轻人的撒娇主要是讲"丧"，其实中年人也是一样的。你以为中年人就不撒娇了吗？只不过他们的关键词是："累"和"不容易"。

我又搜索了一下"中年人"三个字，文章标题大概这样：

"中年人绝地求生指南。"

"中年人的崩溃从没钱开始。"

"击溃一个中年人到底有多容易？"

"中年人的焦虑，是来不及和没赶上。"

"中年人啊，谈爱已老，谈死太早。"

"中年人废掉的五种表现。"

……

妈呀，感觉中年人的世界太可怕了，比年轻人的可怕多了。

我也见过爱撒娇的中年人，大概就是以上文章每篇都转。嘤嘤着真的好累，真的不容易，我倒是有几分相信这种痛感来得比年轻人真实。如果说年轻人的痛苦是幻阵，那么中年人的痛苦就真的是硬闯十八铜人阵，那才叫拳拳到肉，最怕的是连呼救的力气都没有。

我最怕的是"觉得自己苦"。一旦接受这种设定，就感到前途一片黯淡。本来可能是需要一些安抚和鼓励，看多了这种文章之后，开始接受自己是个又累又苦、不敢辞职、用尽全力吼孩子、被年轻上司羞辱也要看得开的人，但其实呢，这是一生中最丰茂的阶段啊，是一切体力、心智、财富、关系最均衡统一的年龄呀。

撒娇这种事，是情趣，是艰难生活中难得的柔软。比较可怕的是只能对着虚空、对着"固定群族"撒娇。你要是能天天对着闺蜜、兄弟、配偶、子女撒娇，那也算本事。而大家抱团沉浸，实在是……我有时会想，撒娇的人太多了，所谓温暖的可靠的肩膀、怀抱、粗大腿都不够用了吧。关键是，要不要一直沉湎于这种众人共同制造的幻象之中呢？

发展到极致就会有"表扬与自我表扬小组""夸夸群""彩虹屁小组"的出现。因为怀抱不够用了嘛！就不如共享撒娇，今儿我表扬你，明儿你来夸我，也算是看多了"年轻人到底有多丧"和"中年人到底有多难"的反弹。可它看起来是彩虹，归根结底还是个屁啊。

所以呢，还是要对自己客气一点儿，不向虚空找安慰，不向现实早投降。

年轻人呢，我是觉得要趁着这个年纪多多活动，去线下谈恋爱，不要在微信上把潜台词研究那么透；趁着身体好能忍受青年旅社的时候多出去玩儿；忘记庞大都市里漂泊的尘埃自我；仔细研究一下你的混蛋老板，说不定他也有过人之处。

中年人呢，我是觉得健康第一，亲密关系第二，其他的多多少少都能断舍离掉，也别那么大的心思在这个年纪还想要财富自由，根据你多年的人生经验砍掉不必要的枝枝杈杈，大家活成个乒乓球运动员就好，面无表情地把人间琐碎都抽回去。

我是真的不想再搜索"年轻人"和"中年人"了，那个感觉，好像掉进了一缸胶水里似的。

# 细数那些"可以但是没必要"的事儿

"可以不拉黑前男友吗?"
"可以。"

"可以和前男友做好朋友吗?"
"可以,但是没必要。"

"可以和前男友破镜重圆吗?"
"可以,但太可惜了。"

这是一个苏联笑话式的问答。来问问题的人,往往聚焦在"可以"这两个字上,却忽视了"但是"这两个字。

这也是一个"到底意难平"的故事。你身边可能也有这样的朋友,在一段明显是消耗自己的关系中纠缠不休,刚开始你可能还会尽一个朋友的义务去疏导、劝说她,后来知道这样也没什么用处,索性就佛了,跟她说"你高兴就好"。

这年头,面对好看的爱豆都可以高呼"我可以",其实根本没人在乎你可以不可以。"可以"这个词,早已经从允许、赞同,变成了"你高兴就好"。也就是说只要你能付出代价,承受结果,哪里还有什么不可以去做的事儿呢?

事到如今,大家谁还没有几个前任男女朋友。我特别好奇的是:你们真的能和他们分手以后还是好朋友吗?根据我的观察,比如10对男女分手,大概会有5对互相拉黑,另外一半因为没啥大的矛盾,或者是在乎"姿态好看",所以还把对方留在通讯列表里,甚至偶尔还给对方点个赞。可能有一对会心大到像真正的哥们儿一样,甚至还会各自带着新欢一起聚会,不过这样的真玩家终究是少见的。大部分人都是信誓旦旦"分手亦是朋友"之后,就沉到了对话框的最底部。直到多年以后,在需要挂专家号或卖保险的时候才会想起对方。

就……无论曾经经历过什么,最后终究还是成为最熟悉的陌生人。

在"可以但是没必要"的事情上,和前任做好朋友可能是排名第一的。我举这样的例子,是为了让你最直观地了解这件事:首先,我们真的那么缺朋友吗?一定要把握住恋人降级的这份机缘?其次,我们真的需要委屈自己退而求其次吗?只要他还在身边,无论换了哪一种形式都可以接受?如果这样说的话,那么在天堂慈爱地凝视,也是在你身边陪伴的一种嘛。最后,你需要活得那么充满张力吗?在恋情转换过来的友谊中时刻保持不越线的警觉，和不让对方胡思乱想的自觉？

所以，在我心里，"可以但是没必要"的事儿，是指那些你有充足的意愿、合理的解释想去做的，然而实际上对现状和未来没有任何改变的事儿。换句话说，就是单方面为了让自己好受一些（也未必，也许是更深的消磨）的无用功。

这事儿是分段来的，可以去做，总归要找个方式让自己平衡；然后很快就要意识到这是心理需求，于现实无补，没有必要，不做的话时间也会给你答案。一旦你走过了这个 round，以后就会在"可以"这个环节自动关机了。

在感情中和人际关系中，多想两步，就省了自己不少心力。

比如，我可以去参加那种社交大佬局吗？可以，但没必要。虽然能认识几个人物，但如果能力不行，你终究只是他们朋友圈里的人肉点赞机而已。

我感觉到我和我的闺蜜已经渐行渐远，我需要做些什么维系友谊吗？可以，但是没必要。因为你们都心知肚明已经回不到过去的关系，越努力，大家越感到勉强的尴尬，不如彼此相忘于江湖。

我的男朋友总是暗示我，他喜欢贤内助那一款，我需要去学习做饭吗？可以，但是没必要。因为你不能把自己的个人价值建立在厨艺上。就算你做饭很好吃、自己也很享受，但是他应该很快就会提出新的要求。

我有个虚荣的同事总是在朋友圈里吹牛、说谎，显得自己特别敬业、勤奋，我可以揭穿他吗？可以，但是没必要。一切的伪装都会被隐秘而公正的方式揭穿，你只需要做好自己，不要让人家以为你们是一伙儿的就可以了。

听起来好像又是很多"人生不需要揭穿"的道理,但这其实包含两个方面的内容:一方面要硬起心肠让自己放弃很多不切实际的幻想,另一方面要硬起心肠让自己不要太留神别人的反应。"可以"是能力问题,"没必要"是智商问题。

在感情和人际关系上,这句话真的可以帮到很多人。而需要揭穿的是,在工作和自我奋斗层面,"可以但是没必要"的事情更多。

我认识不少工作狂,都 4202 年了,还在孜孜不倦地转发公司新闻和行业动态,他们甚至还在 996。我总是想劝他们抬头看一下今年的山水风景,这已经不是靠鸡血就能活下去的年代。表达职业自豪感是可以的,但真的把老板当兄弟、公司当我家就没必要了。

而创业者们,听到"合作"两个字应该已经头疼了吧?这意味着"不花钱的"营销或者"不给钱的"推广。还有很多职场腹黑男,熟练运用带货、分成、爆款、联名这些词儿,想和你展开"深度合作"。你说可以吗?真的可以,但也确实真的没必要。看了这么多年,我认为这都是一种自 high 方式。如果你没有坚固的盈利模式、铁打的生产线、钢一样的渠道,真的也是小圈子里的自我狂欢,没有一个人会从中得到好处。再想想新闻上第一天热炒、第二天停业的网红餐厅,简直要直呼"不可以,不可以"了。

有些"可以",说起来不过是饮鸩止渴而已。就算能得到一时的安慰或现实利益，但损耗和透支的是你的未来。

　　为什么他们坚持要跟前任做朋友？为什么他们总想靠营销博出位？你如果说是死前续命，那完全可以啊！但如果你还想拥有一份深切的感情，想拥有一份叫作"事业"的坚不可摧，那就完全没必要了。

　　这就要再次说到两个"过低"，一是自我价值评价过低，认为自己从魅力到能力都不配拥有更好的东西，需要靠一些"技巧""心机""手段"来得到和维持想要的人或物。二是人生预期过低，认为自己能遇见的最好的东西就在这里了，无论什么样的方式，总要不死心地去试试，却从未放眼展望那更辽阔的生命中还有无数精彩在等待着。

　　所以我总是劝你人生断舍离，放下那些让你暂时得到安慰的"鸠"，硬起心肠去追求更好的东西。人一旦习惯了退而求其次，就再也没有办法说出：那是我不死不灭的梦想，我要用尽全力去实现它。

"我不想谈恋爱啊。"
"不。你想谈。"

北京下很大雨那天我去听朋友的讲座,提问环节有个姑娘站起来说:我真的觉得在这个时代恋爱不再重要,是不是赚钱或者自我实现都比谈恋爱重要?我这么想有问题吗?

我坐在后排默默地想:有问题,真的有问题。

我之前以为都是段子,或者大家自嘲的时候才会说"谈什么恋爱,是手机不好玩吗"这种话,也知道有很多人在罗列单身的好处或已婚的不自由来宽慰自己,甚至大家会暗暗嘲笑恨嫁的女生,但这是第一次在现实中遇见人把这种观点当真了。

然后我随手搜了一下关键字"不谈恋爱",嚯,是在下落伍了。不谈恋爱已经成为风潮?

在那些千奇百怪的理由中,只要有一两个点戳到你,你就可以把恋爱这件事搁置下来,觉得一个人的生活也挺好。一个人过简直不要太好。

大抵就是几个方面:一是当代生活压力确实太大,下班回家累得就只想躺下,而恋爱成本那么高,疲于奔命的都市人简直是每天都在逃难,提醒自己丢下用不上的粗重东西;而另一方面,现在都市服务的发达和细分,一个人也可以过得挺好,无论你是搬家、修水管还是看病、吃夜宵,反正打开各种 App 都有细致服务,也不太会在某个难搞的时刻油然而生"要是身边有人就好了"这种想法。此外,手机确实好玩啊,那么多游戏、那么多剧,实在不行我们还有猫呢!

既然花钱能买来便利服务和生活享受,精神世界也能得到满足,也怪不得有人说"赚钱最紧要",只要有了钱,单身生活完全不会影响身心灵质量。

不知道在现在,还有多少人会说出那句话:爱之于我,是不死不灭的英雄梦想。

我觉得,每个人的心中还是渴望爱情的吧?只是用各种各样的原因摁住了自己,不愿意付出时间或精力,懒得沟通或去磨合三观,不愿意在生活细节上屈就,也不愿意去做付出了那么多却不一定有结果的事儿,反而更愿意把所有关注聚焦在自己身上。也会有一些人是想回避自己并不擅长的弱项。虽然我们的欲望很大,但我们的 ego(自尊心)更大啊。当我们想要什么却得不到的时候,难免就会说出一句:我不想要。

我并不想讨论"不想谈恋爱"的对错或利弊,只是想捋清楚一些简单的逻辑。有些拧巴的地方也许你会豁然开朗。我通常总是告慰大家要硬起心肠去做人生的断舍离,而今天其实是想让你软下心肠,对自己别那么狠,也算是心灵马杀鸡了。

我认识一个中年男人，他一切看起来都挺好，但坚持自己是个不婚主义。最近他追求一个姑娘，极尽梦幻奢华桥段。当他跟姑娘说以后肯定不会结婚的时候，对方回答：虽然我也觉得单身挺好，目前我也不想结婚，但真正的恋爱必须是以结婚为前提进行交往的，否则中间会冒出很多人性中不堪的部分。

姑娘的意思是：一段好的恋情并不是从天而降的，而是有缘起，有发展，有纵深，有结局。虽然我觉得感情好到一定程度结不结婚都无所谓，但是为什么就不能结呢？所以这些都是鸡贼的借口，都是给自己留的后门。一段开始就要留后门的感情，中间一定会有各种猥琐的细节。也就是说，我可以不结婚，但我拒绝以不婚为目的的交往。

那位中年男子好像被震慑住了。我知道他的不婚并不是为了到处乱搞，可能就是拧巴在某个地方没想明白，或者觉得自己这样才超凡脱俗。但他回想了一下以往的几段恋情，收尾都很难看。原因也是刚开始前女友们觉得"虽然你不婚，但万一改主意了呢，或者我真的有那个能力让你为我改变呢"，到后来，日久天长，过着事实婚姻的生活，只有义务没有权利，最后还是都崩了。

现在他不知道该怎么办了。不是说拿那个姑娘怎么办，而是自己慌了，突然觉得生活中充满了硬伤。（其实这种情况一点都不少见，在日常生活中，我见过类似的多年情侣，大多数是被意外怀孕送进了婚姻殿堂）

我当时听完他说的之后嘿嘿笑来着：这不就是我遇见的那些咖啡馆店主吗？"我开咖啡馆不是为了赚钱，是因为喜欢，为了自己人有个地儿待，我们还要搞活动呢。我就是为了圆个梦，我们几个人凑的钱，赔干净就关门呗。"总之是为了想要的生活……

可逻辑是：开店难道不是为了赚钱吗？这难道不应该是第一任务吗？跑通了这条线才可以谈梦想和趣味吧？

所以说，如果你还有一些想法，希望在这个世界上和他人产生更深的联系，就不要轻易说"不想谈恋爱啊"这种话，说多了自己就不由自主摆出拒绝的姿态，而你心中其实又是充满期待的。你在期待什么呢？是不是像在朋友圈里发一张自拍，文字说明是"又胖了"，而其实想听到的回答是"不，你不胖"。

但我们就不要以拒绝的姿态去要那想要的一切了。

同样拧巴的一个例子是：年轻人喜欢把"我爱钱"挂在嘴边。但其实也想跟他们说：不，你没那么爱。这里面有好几层逻辑呢：第一，人人都爱钱，但把它挂在嘴边的就是大傻子。第二，说这种话的其实往往确实没啥钱。

让我们来说一下"我现在只想好好赚钱并不想谈恋爱"这句话吧。

一个"只想……不想"的句式，营造了一种既没有钱也没有爱的困窘。

都在说"佛系"这个词。我慢慢体会到，这是一个丧失了生命力和攻击性的词汇。心理医生说，佛系有可能是低自我价值感引发的严重焦虑：因为不相信自己可以做成功一件事，又不愿面对失败之后的沮丧，所以选择不喜欢、不想要、不去做。平躺着多好玩啊，万一还能躺赢呢？

　　用"赚钱"和"充实自己"去代替恋爱，我觉得这里面也有逻辑的不通。其实我们一般人，只要不是太不靠谱或运气太差，到了中年经济形势怎样都不会太差，当然也很难暴富就是了。而恋爱呢……一旦过了那种傻乎乎的年轻岁月，你确实很难特别投入、特别放开地去爱一场了。它们无法互相替代，否则就不会有那么多事业有成也有钱的中年人如此孤独寂寞了。而要紧的是，万一你真的有了钱，事业也特别顺畅，这个时候就已经没有资格去说"谈恋爱还不如好好赚钱"这句话了。

　　我之前写过，"做更好的自己"这句话中也隐含了势利的观点。因为你会觉得你现在恋爱或其他什么不成功，是因为自己不够好，不配得到那些你觉得还不错的人或物。非要自己奋发图强努力上进，并且取得了一些小成就之后，才会觉得配得上、配得起。如果对自己都这样苛刻，又怎么能发自真心地去爱别人呢？

　　所以，要偶尔软下心肠来呀。不去放那些没有意义的狠话，那些话其实就是一直在拒绝，虽然你是那么渴望爱，渴望人间的温柔情意。要记得提醒自己：我是一个依然可以去爱的人，也是一个依然值得爱的人。

## "请注意！您的人生经验即将过期……"

我们北方有个词儿，形容放久了开始变质的油腻食物，叫"哈喇味儿"。

有的中年人一开口说话，你就能感受到那股子哈喇味儿。

前一阵参加了一个聚会，席间一些早年发财的大哥，喝高兴了开始讲人生经验，大哥大姐们在那边频频点头哥儿俩好；年轻人都低着头尴尬到玩手机，剩下的力气在尽力控制面部表情。

他们讲的都是浅层次过期鸡汤和古早段子，还有一些厚黑学和兄弟义气，非常有电视剧《上海滩》或《渴望》那味儿，当然他们也学了一些新的网络用语，不过当你在2024年听见中年男说"笑喜"的时候，那是真的想哭啊。

专业人士有的也没好到哪儿去。我还记得去年见过一个想跳槽去我朋友公司的高层，他拿出的数据都是两三年前的，给出的方案也是纸媒时代那种华丽的PPT，虽然他当年的项目还算成功，但在当下想要再次复制完全是痴人说梦，你想想淘宝双十一每年的玩法还都不一样哪!

不仅我朋友很尴尬地拒绝了他,在隔壁打游戏的我听着也觉得尴尬而伤感。

前几天和另一个闺蜜喝酒,她喝高兴了又口出惊人之语:我能走到今天,完全是因为没听爹妈的话!

"刚开始他们跟我说女孩子不要学历太高,后来又说工作单位最好要稳定,还说女孩子自己买什么房子呀!后来说我在你这个岁数都有你了!还会说上班一定要跟同事搞好关系,女孩子那么强势干啥呀!……如果我听了他们的话,就没有今天的我了!"

是的,你发现了吗?有些人的人生经验即将过期……他们曾经赖以生存的阅历,越来越不适合当下了。长辈的话未必是对的,大佬的话也许过时无比,你心中不以为然,也会有些伤感——有些人一直在朝前走,有些人却留在了原地。

这简直是当代人最大的焦虑。不要说老一辈,就算少壮,一天不上网就觉得自己落后了。

我有时想想那些老年人就觉得很唏嘘,不会用智能手机,就意味着叫不到车、点不了单、挂不上号,但我自己也没好到哪儿去,比如,因为我家没电视,住朋友家想看个剧,发现完全不会开现在的智能电视了……真是人生经验靠不住,生活需要随时更新小技巧。

更别提每隔几天就有一些新技术、新概念、新逻辑出来,能感受到世界要发生巨变,但对细节一无所知,依然搞不定新能源汽车、没明白区块链。

甚至对人心都失去了了解能力：为啥直播真的能卖货？为何土味视频就是能走红？我们曾经那么努力不就是为了能进商场买东西和看更高雅的艺术嘛。

人生经验这词儿有点大，其实说的更多的是"生活经验"。恰好我们又处于这个快速变动的时代，稍有不慎，就不合时宜。是不是一定要跟上时代步伐其实我不太确定，但留在原地容易心生厌倦也是真的。

但那些让人心生厌倦的过期生活经验，是带着不思进取的思维方式的，或沉迷于人生某一个华彩时刻，完全忘记篝火不能一直燃烧，却非要让人夸赞灰烬之美。

我们身边有个有趣的现象，有些人在某个领域取得成功之后，他不会认为自己是靠运气胜出的，而是会坚持认为自己的每一次选择都正确。

所以部分成功人士特别爱传授人生经验，那意思是按着我的性格、行事再来一遍，不成功就是你不行。最有意思的是，一旦某个人在某个领域成功，他甚至会觉得自己所有的思考都是正确的，甚至还要在其他地方也占领制高点，大了说是品德，小了说是穿衣品位，如果再爱好旅游、摄影那简直不得了，你千万不能说他是企业家，人家是"生活家"。

也怪不得在成功人士访谈里经常惊现"直男癌""控制狂""偏执妄想"等令人生厌的部分。

所以说，"人生经验"也要经常主动清零。这样才不会一直怀旧、一直想教人做人、一直耿耿于怀。

我试着列了一下"你不必 keep（保留）的旧经验"：

## 一、稳定

在这个不更新都不让你用 App 的年代，毫无稳定可言。身处这大时代，你必须习惯动荡。没有一份工作是稳定的，没有一段关系是稳定的。任何人跟你说要先求稳定，你都可以阳奉阴违。

## 二、人际关系和情商

我朋友刚刚给我讲了她的故事，她带着一个毫无经验的全年轻人团队，磨合了 3 年，在今年北京市本行业前三名项目中拿下了两个。没有老炮儿，只有小海龟和毕业生。因为他们热爱本行业，有事儿说事儿，专心做事，一路小屁和，居然也做成了大生意。

而另一个团队的大姐还会因为聚餐时没有坐主位而阴阳怪气地找同事的麻烦。

我们以前的教育中，好像特别强调情商，强调人际关系和资源，但现在看来，若你还年轻，那这些有可能反而是拖累你的东西。在没有实力的情况下，先学了一堆"术"，早晚会变成大混子。

所以忘掉那些过来人教你的各种小技巧吧，就是机场书店畅销书那一排的"厚黑"或"心术"，在这个时代好像都没啥用了。

### 三、所有可以成文的指南

没有什么是可以复制的，一旦形成文字，只不过是成功者自己的复盘。就算本人抓住你倾囊相授，你也不过是看到了蓝海走向红海的过程。

我也不是很相信花巨资去跟巴菲特吃饭，他真的可以告诉你一招制敌的秘诀。他告诉你的也许是未来，是趋势，是尚未有人实现的东西，但如果你是个经常将过往经验主动清零的人，你自然会看到远方。

### 四、经验本身

假如你是个画家，你不能永远画同一幅画；你是个作家，也不能只写一个主题。但为何工作和生活中总是依赖过往经验惯性前进呢？要敢于去试其他的操作方式和表达方式，用新的技法去完成新的主题。

而你必须keep的，是看透人心的本事，懂得潮流的喜新厌旧，相信人性底层的永恒，相信本质，保持诚实、正直和勤奋，保持柔软。

所以，硬起心肠去将过往的人生经验主动清零吧。

我还为自己归纳了一些主动清零的方式：

# 一、要工作

一份工作是 push（推动）着你一直朝前走的推力，那么多 workshop（研讨会），那么多头脑风暴，那么多改版转型创新会，都是让你适应新经验的方式。我知道很多人听到公司"培训"就会翻白眼，但你想想，有人推着你去新的地方，你好歹也要看一眼地形对不对。

# 二、"和年轻人玩"

总有人说和年轻人在一起，可以保持更多活力与激发思维。听起来像个吸人怪，以为跟年轻人在一起就显得自己也年轻了。

但事实是，你和年轻人混在一起，在他们心里，这只是个可怜的想勉力跟上脚步的老家伙而已，所以可别跟他们一样穿球鞋满嘴网络新词儿就觉得自己做到了。

你要弄明白的是年轻人的底层思维，他们这一代人所处的生长环境，他们在碎片化时代形成的逻辑，社会自由度给到他们的可能性，以及那不管不顾犯了错还能重来的青春特权。

弄明白了你就懂了如何用过往去面对未来。

### 三、保持愚蠢

一定要拥有一个"下位者"的视角，选择一个自己喜欢但完全不了解的领域，像一个白痴一样去学习。

人在自己驾轻就熟的领域会有自信，也有自负，很容易就认为自己一直正确，但换一个领域，就可以无缝衔接当下最适用的经验，并且随之一起进化。

有时你甚至应该为了玩而去玩。找一个自己喜欢的玩意儿，把它玩儿熟。你会发现很多事都是触类旁通、一通百通，它会从另一个方面给你带来启发。

这些玩乐中的人生经验有时甚至会深远地影响你的整体经验。

我好像一直在讲人生断舍离中大大小小的故事，此刻讲的也是人生经验的断舍离。愿未来的日子我们都像个天真的孩子，日日萌新，远离油腻。

# 你是不是越来越不耐烦了？
# 我觉得挺好

勾选以下选项，判断自己是不是"暴躁中年"：

## 一、特别想消失

我们身边很多人，好像突然没了音讯。

如果生活是海，他们甘愿沉入了海底。不发朋友圈，也不太社交了，旁人会在某个时刻突然想起他：咦，这个人现在在干啥？怎么没动静了？

但你联系他的时候，发现他还挺好，他也会跟你说自己挺好。事实上他也没什么不好，就是想切断一些联系，想静静。

## 二、不是学会说"不",而是"不不不不"

好像人都经历过"学会说不"的阶段,我们视其为成长,是因为可以正确评估自己的价值,并且不惧怕他人的评价。现在已经进行到了大部分时间都在说"不"的阶段,你认为是拒绝也好,断舍离也罢,好像没有那么多说"好"的时刻,反正就是特别不怕得罪人了。

以前大家遇见事儿最多腹诽,这一年看见明面上撕起来的也不少,甚至在那些所谓社会知名成功人士的群里,也经常一言不合就互骂,好像没人在乎之后抬头不见低头见了。

遇见看不惯的事儿或者强人所难的事儿,要么上去掰扯,要么直接拒绝,已经不考虑后果了。

## 三、鄙视情商

已经不能适应塑料感情,特别害怕别人说话兜圈子,也特别害怕参加联络感情的酒局。跟客户、上司、朋友都想保持单纯的关系,没有啥寓教于乐,也没有啥"用兴趣赚钱",也不期待跟客户、同事做朋友。

当别人问候"亲爱的,你最近在忙什么""宝贝儿,你最近还好吗"的时候,往往能冷静地反问:什么事儿?

认为情商是智商的一部分,也认为情商只在于愿意不愿意使用。但第一不想兜圈子,第二不想瞎联络感情。觉得有事儿说事儿的状态最简单、直接、效率高。

**四、感情冷酷**

受不了狗血爱情剧,也讨厌一切技巧。什么PUA,什么舍不得花钱,什么欲拒还迎,什么"他到底是怎么想的啊",都可以跳过去。

不想"犯贱",也不想猜谜,也讨厌冷战和赌气,愿意更直接地表达:我喜欢你,我愿意为你做到什么,我喜欢你这样对我,我对某件事很生气……你不喜欢我?那就算了!

有时看到年轻人的爱情苦恼觉得烦人,觉得黏腻,觉得浪费生命、不懂得享受美好。

**五、不想合作**

没有耐心去听人讲不靠谱的项目,也知道所谓新的机会往往是骗局。甚至都不想展开所谓"合作",因为知道如果自己实力不行,一切都是浮云,而时间和精力都耗不起。更愿意一言不发地钻研自己的事情,想更专业和更扎实。

## 六、不想沟通

能顺畅地表达自己的态度就行,并不在乎别人的反馈。为了防杠,就算发个风景图都要加上备注:如有不同意见以您的为主。如果有人骂我,我就删帖。

朋友反复纠缠某些不值得的事儿,并且反复来问你,你也只有冷冷地回一句:你高兴就好。

所以,以上你满足了几条?是不是觉得生活中充满了越来越多的不耐烦,慢慢变成了一个看似毫无乐趣、硬邦邦的不讨喜的中年人?

但我觉得挺好啊……如果你真的都满足了,那日子过得不要太开心。

因为终于拨开了生活的迷雾,硬起心肠抛弃了那些"不值得"。

是啊,我们为何要去争辩哪种生活方式圆满而幸福?我们为何要委屈自己去做明知道没有好结果的事情?我们需要在日常中进行赌博吗?一个观点是对是错谁又能一直判断无误?你是不是想掉进杠精和黑洞的泥沼?

首先,我觉得没有什么道理是一成不变的。比如你和你父母的一些生活态度,可能天差地别,但并不影响你们彼此相爱。你也清楚地知道他们所谓稳定、圆满、天伦之乐未必适合你。同理,老实人会被欺负,所以你在学习做一个耐撕的人,而当你格局上升,你又可能回到和风细雨的温和中。我们能表达的,不过是此时此刻的感受，相信此时此刻的道理。这件事你没有办法跟别人讨论。

其次，为何无法讨论？我们每个人都在自己的囚笼中，为境遇所困，那些过往的经历构成了你，所以你很难去跟另一个和你成长轨迹完全不同的人取得某些共识。从世界上任何一个地方出发都可以到达罗马，而幸运的人生在罗马城中。这时你会发现经验一钱不值，还是要硬起心肠赶自己的路啊。

世事变迁，醉生梦死的日子中当然可以略微挥霍，当混沌来临，每个人都在观望未来世界，变得审慎起来。我朋友跟我说：你看从前的体面人儿、成功人士一旦公开撕起来，就知道该行业的资源越发收紧，到了你死我活的零和游戏时间了。所以如今的人，越来越不耐烦，也是有整个时代缩影在其中的。

但更主要的是，过往的时间和经历让你知道，人是要有坚硬内核的，那就是守住自己的本心，知道何为立身之本，找到自己的生活重心——谁是你最重要的人？什么事最让你有成就感？和谁在一起可以愉悦欢喜？

所谓珍惜当下和珍惜眼前人，不就是随时可以和自己的最优选项在一起吗？所以暴躁中年们的"不耐烦"，是混乱世界中的极简态度：停止内心的自我损耗，停止外部的琐碎纠缠。就好像我的中年朋友说的：到这个岁数终于活出一点质量了。我让每一件事变成了确定选项。

还是挺开心的，因为点开对话框，起码暴躁中年们不会问：

在吗？都是有事说事，有钱先谈钱，有爱先表白。他们把所有耐心都留给了辅导孩子写作业（失败率也高）。

可能要冲过这段激流，到下一个滩头，我们又可以云淡风轻说一些余音绕梁的话了。

# 对方正在疯狂向你输出……

我的朋友去年从一个"没落行业"离职,彼时他虽然做到了公司高层,但站得高看得远,觉得再做下去也没什么意思,想趁着血仍未冷,再去追个梦,就走了。

然后他就闲了一年:既然是"没落行业",同行业根本没啥坑位再空降个管理层;他对此也没什么兴趣,毕竟如果还是干同样的活儿那何必辞职呢。换个新行业吧,一是不知道想干啥,二是这个年纪啥行业都不要新手,所以他陷入了所谓的"36岁迷茫"。

"36岁迷茫"跟"大学毕业生迷茫"还挺像的:都是心中有不能清晰说出来的理想和梦想,只知道"眼下的生活不是我想要的"。差别在于,"36岁迷茫"是你明白可选项越来越少,毕竟很多轻松的工作招聘年龄截止到35岁,在已有的人生经验上要重新挑战更高层级,但血条已经不够满了,重新开始变得更加困难,因为经验在某种程度上甚至变成阻碍。

他思来想去,觉得反正都是闲着,也没有收入,索性再去读一年书,所以他收拾了行李,重回校园了。

这是很多"36岁迷茫"的人做出的选择。这些年陆陆续续见过不少,大抵情况是:所在行业已经不行了,想换个新的领域,过去的学历和经验不足支撑其继续向上晋升,需要有更牛的文凭加持;对自己小时候的梦想依然耿耿于怀,想再最后抢救一下;甚至就是"我迷茫,我想不好,我要摁暂停键"。

不信你看看身边,很多事业有成的人突然去"游学"了,逃不出这几种情况。但我觉得挺好的。第一,在人生低谷,或者所谓停滞期,没有乱抓狂,而是选了相对上进的方式,这是一种积极的人生态度;第二,以我所见的例子,大部分人在高龄进学的过程中,都找到了自己想要的东西,最差的也找了个"同学"结婚呢!

让我来说回这个"迷茫"的话题。当我朋友坐在我面前说着迷茫的时候,我看着他也很迷茫。他说他不知道自己还能做什么,也不知道自己想要做什么的时候,我看着他说"我也不知道你能做什么啊!"

我们认识一个人,往往是因为他的职业身份,或者平台赋能。有些身份很清晰:导演、保险业务员、律师、设计师……当我们想到某些具体业务需要找专业人士的时候,就会想到身边这些熟人。有些身份就没那么明晰:杂志主编、腾讯高管、企业战略研究等等,因为圈外人并不了解这些工作的具体业务和细节,也不明白行业金线是啥。

换句话说,我就是想跟他吃饭,"虽然不是为了吃饭,一定是想从他身上学点什么",都不知道能学什么,也学不会。

哪怕是跟我很熟悉的朋友了,我也不知道他还能做什么。我只知道他还挺有才华的,也有自己的文艺梦想,依然想找到和梦想匹配的事情做。情急之下我对他说:你倒是输出啊!你不输出谁都不知道你能干啥!没人找你,你自己也就不知道你能干啥了!

我一直在说,未来几年,应该是"个人身份明晰化"的几年。过去人们喜欢长袖善舞的人,喜欢资源整合,后来发现神秘的社交名媛或大佬也许就是白手套;还喜欢跨界和斜杠,但最后发现别人认识你还是因为你的核心业务,或者你的强输出项。其实每个人都在做这件事,把自己能做些什么,明明白白地摊开给别人看。

在这里插入一个故事。其实这是让我感到唏嘘的一件事。我有另一个朋友,我刚认识她的时候,她有非常明晰的职业身份,谁谁都知道要做相关业务就要来找她。就算是朋友也会经常询问最近有啥业务啊,在做什么项目啊,但她后来总是以"签了保密条款""商业机密""投资人不让说"等理由拒绝仔细地展开讲讲,然后涉及的领域也是多变:一会儿零售,一会儿影视,一会儿工厂供应链。在固定客户的眼中,她离开了自己的专业领域,于是更倾向找另一个稳定的合作伙伴;新业务推进也并不顺利(我猜的),结果就是,没有人知道这个人在做什么,还能做什么了。

也就是说,当你停止任何输出的时候,无论是职场,还是朋友圈,你就是不存在的人。就算别人想和你沟通感情,就算别人想给你钱赚,但都想不起来你。

我知道很多人不输出的原因，有的是一心扑在工作上，只输出工作内容，一旦失去平台，或行业凋零，就失去了存在感，除非你有新的事业能续上；有的人觉得我自己的生活不需要让那么多人知道，省得大家叽叽歪歪，甚至连兴趣爱好都不必让人看到，那么大家了解你，也只是基于业务往来；有些人一直在输入，每天关注很多账号，被各种观点影响了，就算输出也是人云亦云。反正是这样，在一个疯狂抢夺注意力的时代，你如果不能输出什么，又没有坚实的专业技能（这其实也是一种输出方式），就很容易被忽略，这种忽略直接带来迷茫——此刻我们回到了原命题：我不知道自己想做什么，能做什么。

我对朋友说，其实你可以观察一下社交媒体上的发声者，把你觉得成功的人、你向往的人分成一个组，看看他们每天都在输出什么。然后你会看到，要么是行业趋势引导，要么是专业知识普及，有人在强调自己的公司靠谱，有人在推介自己的产品厉害；有一些管理心得，有一些生活片段，大家都在强调自己是个可信的、有特长的人。

就算是只发吃喝玩乐、手工活儿、健身也是一种输出。我可是不止一次看到朋友圈里的商务互动了，比如突然发现这个朋友写字还行，杂志编辑就去和他约稿了；那个朋友居然有全套《星球大战》装备，他和他的小伙伴被品牌邀约去站台了；天天画一张小画儿的人，把画卖给化妆品做品牌册子了；还有一个特别想演戏的朋友，实在太想演了，跑去密室逃脱当NPC（非玩家角色）了。

我说这些的意思是，人应该朝两个极端发展。一是足以安身立命的专业，从学历到资质，从技能到格局，都应该押重注继续去强化它。无论你喜欢不喜欢，都应该硬着心肠当成世俗的试炼场。二是要尽可能地去发挥自己的兴趣、爱好、梦想。如果你不喜欢你的工作，那么它可能是对社畜工作的补充和安抚，也可能是下一条跑道的起点。

关键是要让人看到你的决心，你的长处，慢慢地宇宙都会来帮你。

我给我迷茫的朋友举例，假如你的梦想是"我要做李安"，又觉得太遥远、太不可能了，但不妨碍你去输出啊，哪怕先输出态度也好。从试读、试写剧本开始，研究视觉的表达方式，自己试着拍一些小视频，和同好者、业内人士多多交流，慢慢交出一些小作品。虽然谁也不能保证你能靠这个活下去，然后变成李安（那个基本没可能了），但你好歹不迷茫啊。当你强烈输出这种态度，并且能交出作品的时候，朋友们会想着你，客户也许会给你机会，你要是再磨叽下去，就只能做被老婆养着的那段日子里的李安了。

我最近听到两个词，觉得蛮有意思的。一个是"副业刚需"，另一个是"个人时间商品化"。

无论世界经济、生活方式如何变迁，我们发现世界上没有什么是一成不变的，甚至是瞬息万变的。职业的概念和从前不太一样了，很难有终身的工作和职位，也没有固定的时间和地点。一个人所在的公司不再能决定大局，未来职业的定义可能是"个人能力的综合呈现",这也就是我说的"个人身份明晰化"的一部分。你输出的一切构成了全息的你,相对"主业"来说,你应该还会需要一个 B 计划,也就是所谓的"副业刚需",作为职业的补充,也作为换轨的预备。

而"个人时间商品化",又是一个概念。最低端的可能是跑腿、帮人排队、帮人遛狗这种,用自己的空余时间去卖钱。我还看到身边的朋友们,设计师下班之后画漫画卖钱,美食家帮品牌制定晚宴菜单,一个外企白领持之以恒地在给话剧社写剧本,企业家和投资人周末去别的论坛讲座也是有出场费的呀!你可以看到,很多人其实已经走在这条路上了,除去主业,个人时间完全是可以量化、商品化的。

我完全认为这也是一种输出。当我看到了他们做的事,当我也知道有机会我可以找他们做什么的时候,我不认为他们是迷茫的。

你这个时候再回头去看:那些你欣赏的人、那些快乐的人、那些所谓的成功者,谁还不是在疯狂输出,谁还不是在你心中清清楚楚。

所以,硬起心肠,忽略心中那些所谓的茫然和困惑吧。从来没有一种迷茫是能够被人开解的,都是在自我的跌跌撞撞中豁然的。当你觉得软弱袭来的时候,可以想想我这句话:请去创造啊!请疯狂输出啊!让大家都看到你在做什么!

# 为什么中年人那么爱生闷气？

对啊，都说要做个情绪稳定的成年人了。

我们中年人，看起来八风不动可稳定了，这叫成熟。但你走在街上看看迎面的人潮，还是耷拉着脸的人多。

也没错啊，一直耷拉一直丧，也是一种情绪稳定。那感觉就是，这世界上没有什么能触动我、影响我，也没有什么可以让我开心。进入无欲则刚的境界，就不会失败了。

可是人怎么会没有心潮起伏呢？你看着那些默念"莫生气"的人，心里已经游过去一万条河豚，每条都快被气炸了。

我最近情绪不太高，感觉冬天一来，所有生活中的小 bug（问题）都出来了。我把它叫作"琐事带来的挫败"。比如说，撕不开包装袋就算了，还把指甲弄断了，就足够让我郁闷半天；狗出门一顿猛跑，拽了我一个趔趄，也会让我一上午闷闷不乐；刚打开电脑想写稿，系统提示账号过期或系统更新，想马上合上电脑出门去耍；我还跟朋友学了一句话："今天早上起床发现气流不对，我决定今天不高兴。"

别人也没好到哪儿去。我的中年朋友们差不多都是生闷气本人，比如，一姐们儿说，她要是发现泡茶的水不够开，就能不高兴一上午。另一个闺蜜，本来都化好妆要出门了，孩子班级突然下午放假……你说这还不够郁闷的吗？中年男士的崩溃可能是深夜回家，家里什么吃的都没有，手里提着摇摇晃晃的外卖口袋，在开门的一瞬间，三明治掉地上了。他说他一把年纪，最后站在屋里原地转了三圈，土拨鼠附体了：啊！啊！啊！

于是我发现，我们中年人，每逢大事平心静气，对待他人宽容淡定，安排生活井井有条，却往往会被细小的琐事击倒。

我上次差点哭出来，也是因为半夜煮饺子把饺子煮破了……也听见人家嘟囔过：我都这么难了，牛肉面还要选大碗小碗、星巴克还要选中杯大杯超大杯……更别说有时好端端的，不留神看见配偶一个嫌弃的眼神儿，瞬间夯毛……

你说，人怎么能越活越小心眼儿呢？为什么我们要跟这些琐事过不去？

我的理解是，最后我们都活成了一个挺贵的高压锅，所有的耐心和热情，都在这个坚固的金属锅构建中。它是事业、爱情、家庭、子女，我们用尽力量去维护它的美好，也设想过如何使它一步步更加完美和坚不可摧。但你想想，即使是高压锅也有一个泄气阀门，要在这"谁都不容易"的处境中，通过一些琐事，把日常挫败感、我们不能掌控的那部分一点点地泄掉，要不早晚会大爆炸。

那你说了，如果我不想当高压锅呢？朋友，如果在生活的大事上、大的层面都不能维持住，那就只能当筛子了。筛掉有意义、有价值的事儿，最后留下的还是一堆渣滓。

所以从这个角度说，我挺认同王小波说的"生活就是个缓慢受锤的过程"这句话。也像我当年写过的，"活到后面，越来越觉得，我未见一个幸福的人"。

你想想，大事小事都能顺畅圆满的人生简直不可能存在的呀，否则就是"要啥有啥"的吉祥物本人了。

所以"我们中年人每逢大事平心静气"也是一个谬论。正因为"大事"其实也无法掌控，无非是耗尽全力勉力维持而已，再遇见喜欢吃的菜下架、没有赶上末班车、怎么都拧不开一个瓶盖儿，那真的要气急败坏地生闷气啊！这意思是，我都知道我无法掌控人生了，那怎么连个牛肉面和矿泉水都掌控不了呢？！

有人说："因为大事都关乎道理，中年人道理都懂了，世面也见过了，能够冷静下来处理；而小事往往关乎情绪，平日里社会化的大人们要压抑情绪去做事，不知道何时就被一件细微琐碎的事儿捅开了盖子。"

听了这句话其实我有另一种感受：我们生的那些闷气，并不是该拿捏好却没拿捏住的琐事的挫败感，而是某些大事的碎片化。

还是因为我们对人生充满了太多的不确定感，尤其是去年以来，动荡之年拉开了序幕，你发现以前的道理都不太适合现在了，你喜欢的东西、习惯的路径，年轻人不是"不喜欢"，而是"不知道""没听说过"。这时你就会有一些慌乱，也不知道是否也要加入变革时代，当然更害怕自己赶不上。

怀着对"人生大事"的担忧，想岁月静好都不太可能，因为那些小 bug 会一直让你不舒服。它们都是那些"人生大事"的隐忧，拆解成一片片的碎片，来戳你。

人总是不愿意承认自己的溃散和担忧的吧，所以为小事生闷气，骨子里还是有一种自信，觉得"那本来是我轻而易举就能完成的事情啊"。

我有时不大明白，为何我们的生活中需要那么多的"掌控感"？做事要能 hold 得住，恋爱要能"驾驭"对方，孩子就应该"听话"，然后自己使劲儿给自己加压——要"情绪稳定"，却又不敢真的表达出来，可不就默默生气呗。

但舒服的日子从来不需要"掌控感"，不用攀比，不用订高远计划，不用非要活成"体面人"。我觉得我们就是太喜欢给生活定 KPI 了，所以格外害怕社会扣钱。

多看一些书，多听一些故事，就知道没有人真正能"掌控""驾驭"命运。我们最多是迎难而上地搏斗一番，争取把烂牌打好，就已经非常勇敢且值得了。

所以要时不时地硬起心肠，松开一点点手，不那么去追求掌控感，先让自己松弛下来，然后忘掉那些深夜的雄心壮志。

你玩过那个切西瓜游戏吗？在我看来过日子也是这样，紧盯着西瓜，见招拆招，来一个砍一个。你甚至来不及为没有接住的西瓜懊悔，就得全身心地去砍下一个了。这西瓜就是我们生活中遇见的各种大小难题，除了挥刀，还能怎样呢？如果你砍开的西瓜足够多，你解决的问题足够多，有时都来不及细想，就稀里糊涂过关了。

日子总要过下去的，中年人这么爱生气，却还没有彻底崩掉，是因为养成了一个贱兮兮的好习惯：虽然一件小事可以让我生半天闷气，但另一件小事有可能让我开心一整天啊！

我们还是要在高龄学会调情，和密友吐槽、喝酒，随时送朋友礼物，给爱人一个轻柔的拥抱，买一件喜欢了很久但没啥用的小东西，对陌生人笑笑……这听起来太《读者文摘》了，但人活着就是乐子越来越少的，你要是还没学会随时找乐子，那就真的要气鼓鼓很久了。

抓住自己想砍的西瓜，其他掉落的就随它去吧。

## 不撕行吗？

人在 26 到 32 岁之间是充满战斗欲的。

有两个原因。第一是本身这个年纪就是体力、精力、荷尔蒙的巅峰时期，遇见不高兴的事儿本能地倾向于用激烈的方式解决掉。第二呢，刚刚过上真正意义上的独立生活，毕业 5—10 年间，积累了积蓄、阅历、资源，对自己充满自信，相信自己先动手能行。

后面和风细雨，可能是阅历更丰富了，知道人都不容易，宽厚了起来。也知道世间种种相互掣肘，没有非黑即白，倒是有那么多不得已，所以更向曲中求，不再直中取。当然也可能是荷尔蒙消退了，干不动仗了，说句"算了"，也就算了。

还有就是不争一时，不争意气，心里明白什么才是自己真在乎的。而且，总得升级吧？就算先动手，也未必是言语或巴掌了。

所以你看年轻时的狠角色，活着活着慈眉善目了。

说到此处，话风一拐。中年人有个迷思就是，生怕自己变得不体面，怕疯癫。

也不知道哪儿来的压力，非要绷住一张皮，不乱说、乱动，不流露情绪，得以柔克刚，得××于无形（倒是也没错）。很多话分开说都是对的，比如我一向信奉的中年三原则：少说话，别教做人，多买单。但变成铁律的话我也是不爽的，谁说咱不能载歌载舞、嬉笑怒骂啊？

活得开怀，不被羁绊，就都是好的生活。

要是真的只剩慈眉善目，可能需要去看看内分泌。你不觉得，丧失战斗欲，从某个层面来说就是失去了斗志，就是缺了活力吗？

我们以前会说：挑战、挑衅、辩论、争执、投诉、吵闹、分手等等对抗性的词汇，如今被一个不雅词概括，那就是"撕×"。刚开始用于狗血或比较激烈的对抗描述，后来慢慢简化成"撕"，也淡化成不那么有攻击性的回合往来。经常听到某人说：等等，我去撕一下。

这里的"撕"，有可能是跟淘宝客服打官司，有可能是在投诉餐厅，也可能是情侣之间吵架，还可能是跟公司另一个部门的人 battle（较量）。

用途广泛，慢慢地不分年纪，大家都简洁地说一个"撕"字，表示自己要发起挑战了，以至于超市里卖的手撕面包，看起来都像是在骂人，也像是一种解压道具。

但既然是人，就总是会遇见一些让你想起身撕上一轮的事情。（可能除了最为隐忍的摩羯座）

而最近生活中发生的一些事情,让我颇有感悟,经常发出一声叹息:"不撕行吗?"

这篇文章想讲一下"撕"的三个境界和主动型人格的塑造。

## 一、苦涩而郁闷的撕

这是让人最不高兴的一种,你会看到文明的失序和个人修养的崩塌。这里没有胜利者,就算你"赢"了,你也会感觉自己是个泼妇或悍夫。而更让人难过的是,在"欺负老实人"这个逻辑下,你不撕,你就是被无视、被欺负的那个。

我们在服务业中经常遇见这种,无论是办事人员还是服务员,对方态度恶劣,摔摔打打,你客客气气说话没有用,非要暴起呵斥,愤而投诉,对方才会转变态度,热情洋溢地帮你处理好所有事宜。

但你还是不高兴,因为你明明是个无辜的有礼貌的合规的人,非要兽性大发才能得到应有的待遇,很难不感到挫败。

而始终文明的人,会在排队排到的时候发现一块"休息"的牌子,只能下午或明天再来。

我曾经有一个狡猾的同事,找各种借口偷懒,家中亲属轮流出意外已经不是什么新鲜借口。老板本着都是成年人心照不宣、面斥不雅的态度敲打、提点,而对方就觉得:你真傻帽!哈哈,这次我又把你骗过去啦!

你说，这种情况不撕行吗？非要逼得人露出了攻击性，才能得到"应该有的样子"，这本身就是一种悲哀。

这是我最想避免的、最不愿意使用的、最不开心的一种撕法。我希望它不会发生。但有时出于效率考虑，或者出于"不想被讨厌的人或事纠缠上来"的心态，也会简单粗暴地撕上一把。

于是，世界又变得合理、可爱了。


## 二、争取正当权益的撕

有些撕是不带情绪的，它只是一个坚决的态度，用来划分范围。

比如，你运气不好买到了有质量问题的商品，你公司的另一个团队向你们甩锅，一个大的运营商更新了极其不合理的条款……那怎么办呢？冲上去骂街是不行的呀。

这种你来我往，可能是通过邮件，也可能是通过电话，甚至在微博上也能过几次招。如果你是个怯弱或懒惰的人，往往就"算了算了、以后小心"。

仅仅涉及自身倒也还好，没有人能一直占便宜而不吃亏。若身后有家人或团队呢？你是不是也要硬起心肠迎难而上撕上一轮呢？

只要态度坚决，并且文明，能拿出各种证据，为自己的权益画出明显的边界，我觉得这是值得激赏的行为。

我还记得在看美国律政剧的时候，最大的感受就是，他们都是在有限的规则范围内进行无限的撕。刚开始,我连看剧都觉得主角多事,看到后来,深深感受到了合理性,这可能就是充满斗志的现实表现吧。

将矛盾和利益冲突显化,给背后的黑手增加一些难度,总比隐忍下来遭到暗算来得痛快一些。


### 三、不被 PUA 的撕

啊……这个话题,说起来简直绵绵不尽。我经常听到闺蜜的吐槽:又撕起来了。

当然,她撕的是她的男朋友。

我经常说,在一段恋爱关系中,人们往往会情不自禁地试探底线——看看你爱我到底有多深,看看你能为我做到哪一步。

就算是有些人品还不错的男女朋友,一进入恋爱状态也难免要狗血一阵子。PUA 这个词的定义如今是被泛化了,也不一定非要是杀猪盘或者控制狂。我们在很多次讨论之后,得出了一个结论:在正常生活中运用一些话术引起你不必要的情感波动,就算 PUA。

我有一个朋友,通过相亲认识了一个男人。平心而论,男的还行,大面上都不差,就是会有意无意地对她进行打压。从她的衣服穿得不够淑女、厨艺马马虎虎,到她的生活没有规划和责任感,甚至会说"你少吃点蛋糕吧,看看你的腰围"。

总之一句话就能让人情绪波动、血压上升，比如：你上次给我买的袜子，我仔细看了看那个配色不适合我。我朋友：我错了？我要赔钱吗？

就是你怎么做对方都有更高的要求，还是为了你好。你怎么做他都不够满意，觉得你还可以更好。姑娘最后愤而撕起来了：不爱穿别穿，不爱吃别吃，你管得着吗？

为啥我说这个男的大面上不差呢，因为他被撕了之后立刻认怂：吃吃吃，穿穿穿。你别生气。

我这个朋友从被 PUA 到主动 battle 经历了很短的过程。当她意识到，对方就是为了引起她的情绪波动，也学会了去引起对方的情绪波动，所谓"用魔法打败魔法"。（没有说这种行为值得鼓励的意思，我们都是有缺点的普通人，很多人打打闹闹撕撕，磨合好了就幸福地在一起了。但我还是觉得撕一下很爽啊）

PUA 是不会鼓励你的。其实你想想，我们有很多话都是在 PUA 边缘试探，明明是好事，也要打压你一下。比如：有则改之，无则加勉。不是，我凭什么就要加勉啊？还有什么好自为之，代表着我虽然已经对你失望放手了，但还是希望你自觉一点，不要太堕落……你听听这都是什么话哪，你说你亲近的人对你说这种话，不撕行吗？

再来说主动型人格的塑造。

其实生活中确实不是特别需要战斗型人格，那意味着消耗很大，成本很高。但斗志还是要保留的。我更想讨论的是"主动型人格"。

我知道你和我一样，不想做的事情太多了！也曾暗暗念叨"逃避虽可耻但有用"，不过呢，你所有逃避的、不能直接面对的大的困苦或小的烦恼，都会一而再再而三地出现在你面前。这一关躲了过去，下一关它还会在前面等着你。

当你不惧怕"撕"的时候，就意味着你有直面问题的勇气。当你亲自下场"撕"的时候，就意味着你可以解决掉它。

我过去惰性作怪，很多事都算了算了。但我从我那些成功的朋友（更主要是活得自在的朋友）身上观察到了一个现象：当他们说一件事的时候，这件事就没有算了，而是一定会有一个明确的结局。

其实只要积极一点点，你就会得到更多的奖励。去年我亲身经历了几件事，都不到"撕"的程度，而是主动推进沟通，就得到了满意的结果。

比如，在网红酒店在所有平台都满房的情况下，主动给酒店打了电话，得到了没有上架的房间；主动给客户打电话，说我有一个很好的方案，最后顺利地实施了。有些放在以前都忍了的小小不便，现在会主动找到对应的部门提出需求，发现解决起来也并不困难。

我是从主动型人格的塑造过程中受益的人。这一切无非也是硬起心肠，积极下场。

你有没有发现，这两年大家越来越直接简单粗暴了？因为敢于说出自己需求的人越来越多了。

以前大家都很婉转，怕得罪人，怕被嫌弃吃相难看，怕被人

269

看出需求感到羞耻。现在越发觉得，时不我待，不必辗转。所谓的"撕"，也许就是两个强烈的需求对撞的结果。

至于对撞之后是谈判、妥协，还是双赢，那就是另外的事了。

但一个主动型人格的人，是不会将自我的"想要"交给别人去实现的。所以要硬起心肠轰轰烈烈地去做戏啊，而不是只演内心戏。

## 让我们都充满破绽地活着吧！

有的人会在生活中露出破绽，有的人会在工作中露出破绽。

前者是我的一个客户，大家工作起来非常愉快，干脆利落、尽职尽责，以至于我一时间以为我们会是很好的朋友。但一起吃过几次饭，我觉得不太行，因为当她从乙方变成花钱的"甲方"的时候就会格外挑剔，经常脱口而出内心独白：我都能做到的你为什么做不到？

吃个饭太累了，要经历几次跟服务生的battle，几场投诉，虽然也是有理有据有节，但我就是觉得累得慌。

后者就不用多说了，我们身边有很多这样的人，是非常愉快的玩伴，有知识、有品位，一起出门太开心了，但就别想着跟他干一点儿正经事儿。一到关键环节就掉链子，不是起不来就是拉肚子，或者干脆给忘了。更有拖延症、社恐症，给客户打个电话都能要他老命。

但是这也不影响我跟客户继续愉快地合作，也不耽误我跟朋友到处吃喝玩乐。本来这世界上哪怕灵魂伴侣也不能百分百契合，人就是参差多态才有意思。

我是后来才发现人和人之间有那么多不同的。无论智商、体力的差异，还是心肠软硬的不同，还是性格的内外走向，哪怕我们是三观一致的好人，也会因为这些差异走到完全不同的境地。

有两件事给我印象比较深。

一个是我当年的同事，要知道每个人进公司差不多都有一份"职业规划"——三年总监五年总经理啥的，但我那个同事就表现得完全"不上进"，她就牢牢地钉死在一个基层岗位上，老板哪怕暗示她"你可以再进一步"，她也无动于衷。用她自己的话说：我就喜欢一个庞大复杂的 Excel 表，打开它我就高兴了，我不想去做管理啊！

另一个是我家阿姨。有朋友的公司想找一个半天兼职的职员，我们都看好她的干脆利索高效率，就让她去试试，结果阿姨干了一礼拜就崩了。她说坐办公室比干一天活儿可累多了，另外她觉得脑力劳动比体力劳动可累多了，所以她又回来拿起了拖把，在各家擦一遍地不知道有多高兴。我们说她不求上进，她也是"嘿嘿"笑两声就作罢。

我以前觉得，人无论怎样追求上进是没错的，人也应该有自己的人生规划。不过后来我慢慢明白，人生是一场庞大的算法游戏，你怎么也搞不过宇宙阿尔法狗。你以为的上进、计算精确、计划周密，未必是生活的最优解。还有所谓人生的好与坏、挂一漏万、失之东隅收之桑榆、柳暗花明、时过境迁……就是不让你觉得你能做主。

到这个年纪才明白这些未免有些太晚。但我就是感触深刻。

比如我的一位网友,虽然她是两个孩子的妈妈,但还是去应聘幼儿园教师的职位了。大家听了都觉得有点崩,同时也很羡慕她的精力:一个人怎么能做到一天差不多 16 个小时在跟儿童相处又不觉得累的呢?一个人怎么能那么有力气醒着就照顾孩子、讲故事、做游戏呢?

但人家就是身体好啊!无穷无尽的精力,又喜欢孩子,她觉得天天跟孩子在一起很快乐,回家还能带着自家孩子跑个 5 公里。我光想想 5 公里就想死啊!但她说,以前在公司里说话都要捂嘴,以及坐着开一下午会,那才令人窒息。

我觉得我们的上升通道太狭窄了,能想象出来的光明的未来也只有那几条路——反正就是逃不开名校、投行、高管、企业主、创业精英等,偶尔网开一面给艺术家留个空当。甚至到了一把年纪都没仔细想过,这到底适合不适合我。

朋友,你还记得关于内向和外向性格的划分标准吗?当你能从广泛的人际交往、各种各样的活动、大量的谈话和沟通中吸收能量(并不觉得累)的时候,你就是外向性格;而当你独处时、观照内心时,能补充能量,感受到愉悦和平静,你就是内向性格。

朋友,你还记得协同性测试吗?关于个人主义和团队合作的区别:有的人喜欢独立完成工作,一个人就是一支队伍,工作效率特别高,但如果你让他加入一个团队,搞不好他还会变成搅屎棍，因为他总是抱怨其他人懒或笨，也不能正确认识自己在其中的绩效；而有的人虽然业务能力没有那么强，但他让人如沐春风的沟通能力和协同能力，可以带着整个团队一直朝上走。

我很久以后才明白了这一点，心想：难道我的追求就是在一间不错的大公司当管理者吗？不，我不想见人，不想说话，不想无穷无尽地开会。但当时很多人都觉得前者才是成功的象征，回家躺着难免有些懒散、落伍了。

但我就想静静地一个人在家里，独立完成工作，不必牵一人而动全体。当我找到了自己的节奏，日子就变得快乐多了。

我们总以为大众认为的"好"应该是真的"好"，但很少真的看看自己的内心需求。更主要的是，很少分析自己到底是个什么样的人。我家阿姨就属于反应很快的那种，她坚持认为自己喜欢体力劳动胜过脑力劳动，并且也不想"上升"。倒是也不用担心人家的未来，一个能干的人，算起来月薪也赶得上一个高级白领了。

我的朋友里，过得还不错的，分为两种情况：一种是想明白了自己的特质的，比如喜欢独立工作、擅长刷题、社交能力卓越，他们就按照自己的特长走了下去；另一种则是从来没有意识到自己有啥缺点的，甚至将自己的"缺点"发扬光大，也能成就一番事业。

这是最有意思的地方。

比如我有那么几个女朋友，不是一般的"愣"。愣的意思就是愣头愣脑，还没考虑周全就先冲出去干事儿了。她们从来不想什么妥帖的计划，也不怕张口提要求显得唐突，更没有考虑过被拒绝是不是没面子，你要是跟她们相处，经常会被她们异想天开的想法搞得很尴尬，心里琢磨这能行吗。

结果呢，人家就是靠着"鲁且直"的做事方法成了。而且合作的对方往往认为她们是真诚的，就被打动了。可见一味矜持、周全有时也打不过年轻人的乱拳。

我还有个朋友是社恐，比我可严重多了。你让他一周见三次人就能激发他的双相情感障碍，而他因为不想见人，先是从上海搬走了，然后继续下沉，据说现在在浙江的某个村里盖了个房子。我们不禁要问：那他靠啥活啊？但其实我们也没问出来……隐约知道他变成了一个网络小说写手，有人追着叫"太太"的那种。

我记得有一阵子，很流行职场情商课，专门教人搞事情。一种是教人如何春风化雨地纵横捭阖，耐住性子，鼓励为主，另一种是反鸡汤教人如何进阶为王、天下武功唯快不破。但现实呢？浑身破绽的成功人士太多了。

有的比较会算计，有的比较暴脾气；有文艺款天天不着办公室，而是出没于各种马拉松、火人节的，也有勤能补拙型每天在公司坐到深夜的；有的专门轻信外人，有人只相信亲戚……但是呢，或许这些破绽会导致他们失败，却往往不影响他们成功。

所以一个人的破绽和缺点，是不是能够转换成另一种宝贵品质，这才是我们普通人应该研究的事儿。再综合考虑自己的性情、精力、特质，最后你就会不为所动地选择自己的路啦。

所以我们经常说要硬起心肠真诚地面对自己，不要怕人家说自己不时髦、不上进、不周全，甚至也不必做一个 nice 的人。

比如我懒，我的聪明才智就会被用在如何偷懒这件事上，往往还能提高生产效率；比如我不爱跟人合作，那么索性就待在家里，一天能干好几件事并且不用等其他人的进度；比如我脾气不是太好，其实反而避免了别人来 PUA 我；比如我兴趣爱好过于多，唯独正事儿不太行，那么不如想想怎么把爱好变成正事儿。这世间的事儿，往往就是这么倾侧反复啊。

倒是没有必要做一个周全的人，因为会耗费大量时间、精力在"周全"本身上面，表面油光水滑，其实内心是个筛子。

我要感谢我那些浑身充满破绽的朋友们活出来的活力，也让我们充满破绽地活着吧。我们就像风筝两边翅膀的卡扣，总有一个点让我们连接在一起，其他部位都在随心飞呢！

## 一只慢船去中年

我觉得中年人最恐惧的,还是"被时代淘汰"这五个字。

陆陆续续有人说,连娱乐的乐趣都丧失了。去 KTV,里面的新歌都不会唱,并且觉得那些歌名怎么能那么匪夷所思。年轻明星的脸大部分都不认识,当代网络名人的名字也没听过,总是很茫然地问:那是谁?有人强撑着去玩剧本杀,不光腰肌劳损又犯了,还被一桌子人暗戳戳地嫌弃,因为好多"黑话"他根本听不懂……

当我们感受到了生活不再丝滑,而是开始充满各种各样的结节的时候,可能真的就步入中年了。

但,淘汰就淘汰吧!那不是必然的吗?

你反过来想想,要是一个 40 多岁的中年人,穿一身潮牌,对网络神曲和流量鲜肉如数家珍,张嘴闭嘴 U1S1(有一说一)、YYDS(永远的神),还要刷交友软件并且去玩密室逃脱和剧本杀,日常靠黑糖波波茶续命……那么他一定不是在生产资料和生活资料上掌握了部分分配权的。除非你是大型网综制片人，那就当我白说。

你已经成熟到，生活不需要表象，只需要本质了。

关键是，有一种"淘汰"，不是技术上的，而是逻辑和意识上的。就好像我一直觉得文字比视频信息量大，我要看书啊，我受不了短视频，这按道理没错吧？但时代是不以你的意志为转移的呀！大家都去看短视频了！

就好像周围也有中年人雄心勃勃开始拍短视频了，但逻辑、意识和新一代完全不一样。人家年轻人是在碎片化和时间线上成长起来的一代，对视觉语言和编辑软件的应用完全是另一套方式，而且跟母语的习得一样驾轻就熟。而我们就……做得好累啊。节奏、语言、视觉都是把平面完整的一套打碎、切割、重组之后才来的。再说了，初心呢？当初不是因为颜值不够才写字的嘛！你怎么跟人去拼？

当然这时代逼着你与时俱进，不使劲追赶打不上车、吃不上饭、挂不着号，会付出更多时间金钱的成本，还过得磕磕绊绊。我常说的一句话就是：我 10 年前就被淘汰了，我 10 年前就不会开智能电视了，预感我 10 年后可能连电动车也不会开了。

在前虚拟现实对立时代，自觉有品位并且有能力抵抗不确定的人，还自矜地说一声：我读纸质书，我没淘宝也没支付宝。现在，呵呵，连中老年都成了抖音重度网瘾者。我们就在这种你追我赶的焦虑当中，漏了一点信息就觉得自己快被淘汰了。

除了逻辑意识的不同，还有一种"淘汰"被称为"结构性悲剧"。这个我也没法解释，反正就是你觉得还行的行业，可能瞬间就不行了。

每当此时，诺基亚就被拉出来祭天，大家形容这种情况是大观园里其乐融融，突然就白茫茫一片真干净了。于是中年人更慌了，在一片狂潮中玉碎了瓦还能全吗？

"被淘汰"是必然的。但这不意味着得死。无非就是你已经不能站在风口浪尖、衣着光鲜、顾盼生姿、一呼百应了。（醒一醒！好多人年轻的时候也没有哈！不要年长了还代入想象中的曾经拥有过的风光！）

首先，你年纪大了，不再拥有大片空白时间，而你的精力、体能开始下降，只能省着用自己，分配给这个年龄段的"优先选项"。

其次，你可以想想，对你来说，你这个年龄的"优先选项"是什么？是事业，还是家庭，或者是银行余额，还是资源整合，或者是"华丽转身"？选好了一项，必然兼顾不了其他。好多事儿，不知道就不知道吧！

再次，人到了一个年龄，趣味、爱好都会变的。曾经的夜店小天后，现在可能在禅茶一味；曾经纵横四海的华尔街精英，也可能现在就喜欢去当英语老师。比如我现在就再也懒得看爱情小说，我的心路历程是——多大点事儿啊，还有更广阔的世界更好玩啊！那么，无论外面有多火热的话题或风口，没有兴趣就是没有兴趣，不想了解就是不想了解。

还有，你的阅历和资历到了一定程度的时候，如果对自己有要求，很难俯身去附和肤浅的东西。虽然肤浅里也有好玩、轻松的乐子，或者一些赚钱的机会。但这样的乐子和机会，年轻人都比你做得好，玩得开，一旦有了对比，你会觉得"算了，还是搞点我喜欢我明白的吧"。

当然，还有生活的重压。我朋友说：我为什么不时髦了？为啥不是潮流女王了？为啥不买包了？自打孩子上了国际幼儿园，等于每个月扔一个路易·威登！

草蛇灰线般的，在各种不为人知的细节里，我们慢慢藏身人海，关注的、懂得的事情，越来越向内收缩，我们不懂的或不想懂的，边缘在扩大。有时心甘情愿，有时是被命运拨弄，于是有时难免焦虑。

可是，一旦硬起心肠面对这些焦虑，一旦接受这样的设定，那么，哪怕"被社会淘汰"也会变得理直气壮。那就是——人是注定要被时代淘汰的。

你不可能永远年轻，不可能一直留在抛物线的顶端，不可能永远保持肤浅，不可能一直留得住那么多资源。意识到人间万物，纵有起伏，终究会伏。

我们能做到的是——如果有失去，希望它是我们主动放弃的。

那么这就是我一直在写"硬心肠"系列中重要的一课。在每个年龄，都懂得筛选自己的优先选项，然后懂得放弃不必要、不重要的那些事情。（中年人请停止学习网络热词！除非你反手就能薅一把韭菜）

我们已经知道，表面的光鲜不如笃定的踏实，也知道体力、精力的下降需要用智慧、阅历来弥补，更明白成功的定义不仅是有钱或得到尊敬，还要有真正的亲密关系——有人爱你。曾经我们一路乘风破浪，是时候换一只慢船，去到一个更从容的中年了。

当你慢下来，也许发现两岸的风景更丰茂。

这只慢船怎么摇？在我的旅途中，我也有一些心得和想法。

## 一、找到自己的节奏

爱看纸书就看纸书，喜欢经典抒情方式就不讲土味情话，想学编程就去学，搬到大理也不是逃避现实，让内心驱动自己，不是让焦虑驱动自己，不和别人进行比较。

## 二、只有创造才能让人年轻

我们看了那么多整容的、运动的、花钱的，还有出轨的，可惜到了岁数依然都是一张欲望驱使的老年脸。这些都不能让人年轻，只有持续地创造，搞自己的艺术，才会让人真正年轻。也只有保持不断输出，才能体现时代的痕迹。

## 三、寻找和自己有关联的

如何跟上时代脚步？不是穿新款、学新词就可以。你看那些真时髦的中年人，他们新的信息来源是从工作和创造中来的，他们的包也不是自己眼巴巴排队配货的。无论你在哪个行业，无论你喜欢什么，都要在专业领域继续深耕、下沉，然后才能大胆展开联想。学习新事物，也要学习跟自己专业强关联的，或者打心眼里真喜欢的。让专业和资源推着你进步，而不是你在后面追着弄潮。

## 四、接受潮起潮落落落的自然规律

做点不功利的事情，更多地爱身边人，接受坐快艇会吐的现实。就好像小时候觉得京剧完全莫名其妙，突然有一天却听懂了昆曲里的咿咿呀呀，那都是人生不可言说的一唱三叹。当前浪落下的时候，我们从来不评论浪尖上的风光。这样你会好受很多。

让我们硬起心肠，甘于"被淘汰"吧。这样就可以登上一只慢船，缓缓去往更深邃广阔的地方。一旦你离开不知道什么人设定的语境，一旦你离开被评判、对比的标准，我跟你说，未来的乐子还大着呢。

# 那些年我们吃的教训

> 一年将尽，又是残冬的急景了，我南北奔跑，一年之内毫无半点成绩，只赢得许多悲愤，唉，想起来，做人真是没趣。
>
> ——郁达夫（1926 年 11 月 29 日）

立冬之后，2024 年的大运开始流转。你应该感受到了些许变化，而 2023 年终是过去了。

这一年，难以形容，有荒废，有颓然，有目不暇接的变化和动摇，有远方的苦难和内在的困惑，甚至还有一些幸存的愧疚。有很多很多感想，最后也只能说一句：残冬的急景。

全世界都一样，Goblin Mode（哥布林模式）成为牛津年度关键词，"一种毫无歉意的自我放纵、懒惰、邋遢或贪婪的行为，通常以一种拒绝社会规范或期望的方式呈现"。正能量社会不会纵容你摆烂，但人们渐渐下滑的身躯又是怎么回事呢？

在已经过去的这几年，我吃了一些经验教训，但和其他人比，算不上糟糕。我只是和大家一样都意识到一个问题，那就是，可能我们真的回不去从前了。

无论是整个世界的棋局，还是笼罩人类的病毒，或者科技的瓶颈，甚至是玄学标注的运程……我们想和从前一样，按部就班地生活着，期待着明天会更好、努力总有回报，但一切都不太可能那么顺理成章、水到渠成了。但也不是说活不下去了，就像游戏到后面，总是越来越艰难模式。毕竟随着年纪的增长，你总会感受到生活其实就是越来越难。

如一段航程，曾经我们搭乘大船在辽阔江面上，看遍壮丽风景，也风平浪静。如今却也要换乘小舟，在逆流和暗礁中躲闪、旋转、跳跃，穿过这一段狭窄的、可能很漫长的险峻，去往下一段辽阔再登大船。这段时间里，你无心看风景，虽然怀念曾经的平稳，也知道当下最紧要的是不要跌落。

关于这些，我有一些心得，它可能会影响我在未来几年的生活方式和行动模式。所谓硬起心肠，就是终于可以坦然地接受这些变化。

## 一、开始短期且即兴的生活

我暂时放弃了关于"长期规划"的一些想法。毕竟形势瞬息万变，计划总是不如变化快。那些宏大的叙事我也暂时不会考虑,"活下来"才是第一要务。无论是一家公司,还是职业规划,或者手头的项目,都要先顾眼前,保持财务健康。投资和消费都需要适当收缩,不要在这个时刻用自己去填海,毕竟你不是精卫。

为了"活下来"可以做一些有短期收益的事情,不要怕丢面子,也不要觉得就此沉沦了,只要你心中大方向不动摇,你就能等到翻盘那一天。

"站起来就走"的即兴生活方式越来越适用,不用太多计划,不用等待什么良好时机,想做什么,想去哪里,站起来就走,抄起来就做。否则你所有的时间和热情都会被浪费在"做计划"这一件事上。

跑路要快,无论是股市,还是你觉得不对劲的新闻或马上没有票的航班或运力不足的超市。这一年安全感的缺失让我们练就了快速反应能力——其实任何时候都如此,犹豫和骑墙是最耽误事的,一开始就果断选一条路走,路上还有纠偏的机会,胜过起跑线上的耽误时机。

## 二、非必要不展开争论,有必要只做自己

我来敲一个重点,这句话太鸡汤了,但也太重要了!一个人表达的观点是不重要的,判断这个人是怎么样的,主要看他做了些什么。也因此,我和朋友们不再展开讨论,你说服得了或说服

不了对方，那都不重要。我们要通过行动来判断哪些人是可以一起进退的。

另外一个延伸话题就是，别人让你做的事，你可以拖延一下，观望一下再说；自己心里想做的事，一定要站起来马上去做。

因为立场不同，所以主张也会不同。基于对自己的完全了解，做出的决定才是最适合你的。我们在这一年，不要再浪费时间和精力去说服别人了。


## 三、做具体的人，做具体的事

张三老师说过，要爱具体的人。这一年我体会颇深——岂止如此，我觉得恨也要恨具体的人。

随着人工智能的发展，我们越来越少遇见活人了。你有时买完东西在网上找客服，绕半天找不到一个活的客服；你微博或微信出了问题，也是经常只能收到冷冰冰的自动回复；这一年中使用的各种小程序，后台的反应之慢让你欲生欲死……但凡能找到一个活人对话，这事就不至于这么难办。

爱具体的人我们知道了，那些平凡日子中，陪伴我们的家人和朋友、谈得来的同事、合作愉快的客户、路边的一只小狗，都很鲜活而具体。我们的大爱总是显得有些空泛，越是在艰难时刻，关心和照顾身边的人，搭建自己的温暖小宇宙，就越重要。

恨也要恨具体的人。你有无法解决的问题，要找到那个制造问题的人，他们不能躲在人工智能的后面，也不能躲在一张纸的后面，就让你的生活卡在不上不下的尴尬处境。让我们顺藤摸瓜去找到那个负责的人，并且让他负起责任来，也胜过空泛的无助与愤怒。

具体的事，包括好好做一顿饭、认真读一本书、仔细完成一个预算不算多的案子、帮朋友一个不大不小的忙……你可以列举很多实实在在踏在地面上的事。不要只是给自己做宏大的新年计划、陷入无意义的争执、靠表情包抒情……无论世事多变幻，不是还得过好每一天吗？

## 四、硬起心肠继续"精神减排"

最近身边的朋友们都处在亢奋中，大家每天刷手机刷到废寝忘食，情绪如过山车一样被抛高抛低，以至于早上起来什么都还没干呢，刷一下手机就已经又累了又困了！

我们关心远方，关心饱暖和感情，但首先要关心心灵的容积率。被海量信息冲刷过的人，本身就处于焦虑和烦躁的边缘。可是你既然想要即时反应，就不能错过那些关键信息——这就是我们这一年来活得抓狂的原因之一。

但即使这样，也要硬起心肠处理自己内心的"信息管理器"，为它排出优先级别。

我们要先处理身边那些实实在在的关系，然后去做可以立刻看得到成果的事，这在很大程度可以化解你的挫败感。

我们要放弃所有暧昧黏腻的关系，停止那些口头上的胜负和拉扯没完的辩论，这个时期这是"省着用自己"的不二法门。

更重要的是，现在自媒体过于发达，你不能被诡辩、陷阱迷惑，用他人的理论去思考自己应该怎么过，这个时候"发疯文学"是有用的，那就是无论你怎么说，我就是要这样横扫生命。

在过去的这一年里，反正迤逦歪斜就这样过来了。如果曾经的我还妄图写一首悠长的歌，那如今的生活就过成了"砰砰砰砰砰"，全都是短短的节奏。写这篇文章的时候，我还不知道未来人生将以何样的面目展开。

但那无所谓，迎上去就是了。

[全文完]

# 硬心肠

作者_庄雅婷

产品经理_邵蕊蕊　装帧设计_王时青 杨慧　产品总监_曹曼
技术编辑_陈杰　责任印制_刘淼　出品人_李静

营销团队_闫冠宇 杨喆　物料设计_杨慧

果麦
www.guomai.cn

以 微 小 的 力 量 推 动 文 明

图书在版编目（CIP）数据

硬心肠 / 庄雅婷著. -- 成都：四川文艺出版社，2024.4（2024.4重印）
ISBN 978-7-5411-6778-2

Ⅰ.①硬… Ⅱ.①庄… Ⅲ.①随笔－作品集－中国－当代 Ⅳ.①I267.1

中国国家版本馆CIP数据核字(2023)第192481号

YING XINCHANG
## 硬心肠
庄雅婷 著

| 出品人 | 冯　静 |
| --- | --- |
| 责任编辑 | 王思鈜 |
| 责任校对 | 段　敏 |
| 产品经理 | 邵蕊蕊 |
| 装帧设计 | 王时青　杨　慧 |
| 出版发行 | 四川文艺出版社（成都市锦江区三色路238号） |
| 网　　址 | www.scwys.com |
| 电　　话 | 021-64386496（发行部）　028-86361781（编辑部） |
| 印　　刷 | 天津丰富彩艺印刷有限公司 |
| 成品尺寸 | 140mm×200mm |
| 开　　本 | 32开 |
| 印　　张 | 9.5 |
| 字　　数 | 200千 |
| 版　　次 | 2024年4月第一版 |
| 印　　次 | 2024年4月第二次印刷 |
| 印　　数 | 18,001－23,000 |
| 书　　号 | ISBN 978-7-5411-6778-2 |
| 定　　价 | 58.00元 |

版权所有·侵权必究。如发现印装质量问题，影响阅读，请联系021-64386496调换。